中·英·法
三種語言對照
全新典藏版

Le Petit Prince

B 612
bé six douze

小 王 子

安東尼·聖修伯里
Antoine de Saint-Exupéry

盛世教育—譯

笛藤出版

CONTENTS

小 王 子

English Version

The Little Prince

Version Française

Le Petit Prince

小王子

Le Petit Prince

我住在其中的一顆星星上

我在上面笑著…

獻給萊翁・維爾特

請所有讀到這本書的孩子們原諒我把這本書獻給一個大人。

我有一個很重要的理由：他是我在這個世界上最好的朋友。

我還有另一個理由：這個大人什麼都懂，甚至也懂孩子的書。

我還有第三個理由：這個人住在法國，他在那裡飢寒交迫需要安慰。

如果這些理由還不夠充分，

我願意把這本書獻給還是孩子時的這個大人。

所有的大人都曾經是個孩子，雖然很少人記得這一點。

因此，我把獻詞改為：

獻給還是小男孩時的

萊翁・維爾特

Chapter

1

在我還只有六歲的時候，有一次在一本書上看到了一幅很有意思的畫。書的名字叫做《大自然的真相》，講的是原始森林的故事。那幅畫畫的是一條正在吞食獵物的蟒蛇，這就是那幅畫的摹本：

書裡說：「蟒蛇會把獵物整個吞下去，連嚼也不嚼。之後牠們就動彈不了了，會睡上六個月的時間來消化。」於是叢林中的奇遇使我陷入了深深的思考。此後，經過彩色鉛筆的一番塗塗畫畫，我也成功地畫出了我的第一幅圖畫。我的「一號作品」，

它看上去是這樣的：

　　我把我的傑作給那些大人們看，問他們覺不覺得這幅畫嚇人。可是他們回答道：「嚇人？一頂帽子有什麼嚇人的？」。其實我畫的並不是一頂帽子，而是一條巨蟒正在消化一頭大象。但是既然那些大人們看不懂，我只好另外畫了一幅：我畫了巨蟒肚子裡的情況，這樣他們就能看得清楚了。大人們總是需要解釋。我的「二號作品」是這樣的：

　　而這一次大人們的反應是，勸我把這些巨蟒的畫，不管是外觀圖還是內視圖，統統都放一邊去，好好地去學習地理、歷史、算術和文法。就這樣，六歲的時候，我放棄了畫家這個非常棒的職業。我的「一號作品」和「二號作品」都失敗了，這叫我十分灰心。大人們自己永遠都無法明白一些事情，而小孩們要一直不停地解釋給他們聽也是一件很煩人的事情。

　　所以之後我就選了另外一個職業，我學會了開飛機。世界各地我幾乎都飛過了；地理也的確是對我十分有用。我只要隨便一瞥就能分清楚哪裡是中國，哪裡是亞利桑那州。如果在晚上迷失了航向，這些知識是非常寶貴的。

在生活裡我和許多正經人打過交道。我也在大人們中間生活過很長一段時間。我曾仔細地觀察過他們，可我對他們的印象卻沒有多大的改變。

每當我遇到一個看上去聰明的人，我就會給他看我一直保存著的「一號作品」。這樣，我可以試著知道他是不是一個真的善於理解的人。可是，不管是誰，男的也好女的也罷，都會說：「這是一頂帽子。」之後我就不會跟那個人提起巨蟒、原始森林、或者繁星之類的事情了。我會讓自己去遷就他們，跟他們談談橋牌、高爾夫、政治和領帶之類的話題。而那些大人也會為能遇上我這樣一個聰明的人而感到很高興。

所以我一直獨自生活，沒有一個可以真正和我說得上話的人，直到六年前。那一次，我的飛機在撒哈拉沙漠發生了意外，引擎壞了。當時身邊既沒有機械師，也沒有乘客，我只能自己一個人努力地試著修理。那真是一件生死攸關的事情，我帶的水甚至不夠喝一個星期。

於是，第一晚，我就睡在這沙漠上，遠離人煙，比汪洋人海中一個小救生筏上的落難水手更孤獨。因此，第二天拂曉，當我被一個奇怪的小小的聲音吵醒時，你可以想像我有多麼吃驚。

那個小聲音說道：

「請幫我畫一隻綿羊吧…」

「什麼！」

「幫我畫一隻綿羊！」

我跳了起來，像被雷擊中一樣。我使勁揉了揉眼睛，仔細地環顧了一下周圍，看到了一個十分特別的小人兒，正站在那裡十分嚴肅地看著我。這是我後來為他畫得最好的一幅肖像，當然我的畫顯然比真人遜色很多。

但那也不是我的錯，我六歲的時候，那些大人們就讓我對繪畫生涯失去了勇氣，再說我也從沒學過畫畫，除了那個巨蟒的外觀圖和內視圖。

這是我後來為他畫得最好的一幅肖像。

現在我瞪著眼前這個突然出現的幽靈似的小人兒，驚訝得眼珠子都要掉出來了。別忘了，我可是在遠離人煙好幾千里之外的沙漠上。而這個小人兒看起來卻既不像在這漫漫黃沙中迷了路，也絲毫沒有困乏、飢渴或害怕的樣子。他一點也不像是在這人跡罕至的荒漠之中迷了路的孩子。

當我終於回過神來可以說話了，我就問他：「你在這兒做什麼呢？」而他再一次回答我，說得很慢，就好像在說一件天大的事一樣，他說道：

「請你幫我畫一隻綿羊……」

當事情太過神奇的時候，你是不敢不服從的，儘管這在我看來很荒誕。在荒無人煙的地方，冒著死亡的危險，我還是拿出了口袋裡的紙和圓珠筆。而後我想起自己只學過地理、歷史、算術和文法，於是我告訴小傢伙（有一點點生氣地）說我不會畫畫。「沒關係啊，幫我畫隻小綿羊……」但我從來沒有畫過小綿羊。所以我就幫他畫了我畫得最多的畫中的一幅，就是那幅巨蟒的外觀圖。可那小傢伙的反應卻讓我驚訝得目瞪口呆：「不不不！我不要肚子裡有大象的巨蟒。巨蟒是很危險的動物，大象又太笨重。我住的地方，那裡的東西都很小。我只要一隻綿羊，幫我畫隻綿羊吧。」

所以我就畫了一隻。他仔細看了看，然後說：「不好，這隻綿羊已經病入膏肓了。幫我再畫一隻吧。」於是我就又畫了一隻。我的這位朋友溫柔又開懷地笑了，「你自己看看，」他說，「這才不是我要的小綿羊呢。這是一頭公羊，頭上還長著角呢。」

所以我又重新畫了一幅，和前幾幅一樣又被拒絕了。「這隻太老了。我要一隻小綿羊，可以活得久久的。」這一次我的耐心快沒了，因為急著想要修引擎。所以我匆匆地畫了這個，同時扔給他一個解釋：

「這是個箱子，你要的小綿羊就在裡面。」

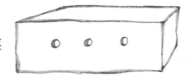

我的小評審員這回竟然笑逐顏開，這讓我十分驚訝：

「我要的就是這樣的！你說這隻小綿羊會要很多很多草嗎？」

「為什麼？」

「因為我住的地方東西都很小⋯⋯」

「那兒一定有足夠的草的，」我說，「我給你的是一隻很小的綿羊。」

他把頭湊到畫邊上：「沒那麼小。看！牠睡著了⋯⋯」就這樣，我認識了小王子。

我花了很長時間才搞清楚他是從哪兒來的。小王子問了我許多問題，但我問他的問題他卻好像一個也沒聽見。他無意中說的一些話讓我一點點地弄清了真相。

他頭一次看見我的飛機時，比如（我就不畫我的飛機了，那對我而言太複雜了），他問我：「那是什麼東西？」

「那不叫『東西』。它會飛，是架飛機，是我的飛機。」然後我很驕傲地告訴他我會駕駛飛機。他聽後，大叫道：「什麼！你是從天上掉下來的？」

「是啊。」我很謙虛地回答。

「哦！真好玩！」接著小王子就發出了一陣可愛的銀鈴般的笑聲，這使得我很惱火。我可不想別人嘲笑我的不幸遭遇。他接著說道：「那麼，你也是從天上來的！你是從哪個星球來的？」那一刻我隱約對他的來歷抓住了一點線索。於是我就突然問道：「你是從另一個星球來的？」但是他沒有回答我。他輕輕地晃著腦袋，視線仍然沒有離開我的飛機。「肯定啊，坐那個東西，你不可能是從很遠的地方來的。」然後他就陷入了深思，想了很久。之後他從口袋裡把我畫的綿羊掏出來，看著他的寶貝，又出神。

你可以想像這番關於「外星球」的模稜兩可的話讓我有多麼好奇。因此我做了很多努力，試圖發現更多線索。

「我的小人兒，你從哪兒來的？你所說的那個『我住的地方』究竟在哪裡？你要把你的小綿羊帶到哪裡去？」

他沉默了許久，回答道：「你幫我畫的那個箱子真不錯。這樣晚上小綿羊就能把它當做家了。」

「正是這樣。如果你乖的話，我就再幫你畫條繩子，再加根拴牠的桿子，這樣白天的時候你就可以拴住牠。」

但是小王子聽了我的話之後顯得十分震驚：「拴住牠？多奇怪的主意！」

「你要是不拴住牠，」我說道，「它會跑到別的地方去，會不見的。」我的這個朋友又發出一陣清脆的笑聲：「但你覺得牠能跑到哪兒去呢？」

「哪裡都有可能。牠會一直向前跑的。」

這時小王子鄭重其事地說：「沒關係，我住的地方，所有的東西都很小！」也許是有點傷感，他又接著說道：「一直向前走，也沒人能走很遠……」

Chapter

4

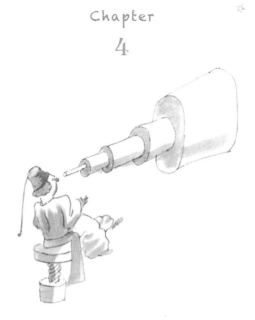

於是我了解到了第一件很重要的事情：小王子來自一個跟房子差不多大的星球！這倒不怎麼出乎我的意料。我明白，除了地球、木星、火星、金星等我們命名的比較大的星球以外，宇宙中還有其它成千上百的星球，其中有一些就非常小，小到用望遠鏡都很難觀察到。

當某位天文學家發現了一顆這樣的小行星時，他沒有為它命名，而是給行星一個編號，譬如，有可能叫做「325 號小行星」。

我有重要的理由相信小王子來自一顆叫做 B-612 的小行星。這顆小行星只在 1909 年被土耳其的一位天文學家透過望遠鏡觀測過一次。有了這個發現後，這位天文學家就在一個國際天文學

大會上公佈了他的發現，並給出了很好的論證。可是由於他穿的是土耳其的服裝，所以沒有一個人相信他所說的話。大人們就是這樣的……

　　不過，幸運的是，為了小行星 B-612 的聲譽，土耳其的一個統治者制定了一條法律，規定大家必須穿歐式服裝，否則就是死罪。所以當 1920 年這位天文學家身著漂亮得體的西裝再一次論證他的發現時，所有人都認同了他的看法。

　　我和你講這顆小行星的細節，還把它的編號都告訴你，都是因為那些大人們的緣故。當你告訴他們你交了一個新朋友之後，

他們從來都不問你那些真正重要的事。他們從來都不會問你：「他的聲音聽起來怎麼樣？他最喜歡什麼遊戲？他收集蝴蝶標本嗎？」相反的，他們會問：「他多大了？有幾個兄弟？他體重多重？他爸爸賺多少錢？」

只有憑藉著這些數字，他們才會覺得完全了解這個人。

假如你對大人們說：「我看見了一幢很漂亮的玫瑰色磚塊砌成的房子，窗台上長著天竺葵，屋頂上還有鴿子。」那些大人們還是對那幢房子一點概念都沒有。

你應該對他們說：「我看見了一幢值十萬法郎的房子。」然後他們就會驚呼：「哦，多漂亮的房子啊！」就是因為這樣，所以你如果對他們說：「真的有小王子存在，因為他很迷人，他開心地笑，他想要一隻綿羊，這就是證明他存在的證據。」你這樣對大人們說有什麼用呢？他們會聳聳肩，把你當成一個小孩子。可是如果你告訴他們：「他是從 B-612 號小行星上來的。」然後他們就會相信，也不會問你一堆問題。他們就是那樣。你該盡量地少跟他們頂撞。孩子們總該對大人們表現得寬容些。當然，對於我們這樣懂得生活的人，數字就不是什麼大不了的東西了。

我應該趕個時髦，用童話的方式開始講這個故事。我本該說：「很久很久以前，有一個小王子，住在一個小星球上。那個星球比他自己大不了多少。小王子想要一隻綿羊……」

對於那些懂得生活的人，這樣的開頭會讓我的故事聽起來更可信。但是我並不希望別人馬馬虎虎地讀我的書。這些回憶已經叫我夠痛苦了。我的朋友帶著他的小綿羊離我而去已經有六年了。我在這裡寫他的故事，就是為了讓自己不忘記他。忘記一個朋友是一件傷心的事情。不是每一個人都有過真正的朋友。如果忘記了他，我就會變得像那些大人們一樣，只對數字感興趣。正是由於這個原因，所以我才買了一盒彩色筆和幾支鉛筆。

像我這樣的年紀已經很難再去重新開始畫畫了，況且除了六歲時畫過的那兩幅巨蟒的內視圖和外觀圖，我再也沒有畫過任何的圖畫。當然我會盡可能地把畫畫得真實一些，可也不保證一定成功。有一張畫得還行，另一張就畫得跟實際一點也不像了。畫也有很多錯，小王子的身高就是，有的畫得太高了，有的卻又畫得矮了點。他衣服的顏色我也不是很肯定。我在盡全力，一點一點摸索著，時好時壞，希望大致上差不多。在有些重要的細節上我也會出錯，但那也不是我的問題。我的朋友從來都不跟我說清楚任何事情。他大概以為我跟他一樣。但是我…，唉，其實並不知道如何透過箱子看到裡面的羊。可能我也有點像那些大人吧。我總會老的。

小王子在 B-612 小行星上

每一天，我都能從我們的談話裡更多地了解到一些關於小王子的事情，關於他的星球、他的出走、他的旅途。這些事情都是從他偶然的談話中慢慢才知道的。就這樣，到了第三天，我知道了猴麵包樹會造成的大災難。

這一次，跟以前一樣，也是因為綿羊的事情我才知道的。因為小王子突然問我，看起來好像很擔心，

「是真的嗎？綿羊會吃小灌木？是真的？」

「是真的呀。」

「啊，我好開心！」

我不明白為什麼綿羊吃小灌木這件事有這麼重要。不過小王子接著又說：「這樣的話，牠們也會吃猴麵包樹？」我向小王子指出猴麵包樹並不是小灌木，恰恰相反，那種樹像城堡一樣高，即使他帶著一群大象，牠們也沒法吃完一棵猴麵包樹。

一群大象的說法使小王子笑了。「我們可以把牠們一隻一隻往上疊起來，」他說道。不過之後他又說了一句十分有道理的話：

「在猴麵包樹長成大樹之前,也只是小小的一點點。」

「那倒是真的,」我說。「不過你為什麼想要綿羊去吃掉猴麵包樹的幼苗呢?」

他立刻回答我,「哦,這還用說嗎?」他說這話就好像這是件顯而易見的事。我只好絞盡腦汁地去想明白這個問題了。

確實,就我所知,在小王子居住的星球上,就像在其他所有的星球上一樣,植物有好有壞。好的植物有好的種子,不好的植物有不好的種子。不過種子是看不見的,他們都睡在很深很深的黑漆漆的地下,直到其中一粒種子忽然想要甦醒。然後這粒小種子就開始舒展身子,起初還有一點靦腆,向著太陽長出一點可愛的小嫩苗。如果只是蘿蔔或者玫瑰花的小苗,那就讓它自由地生長吧。但如果是不好的植物，那就該馬上除掉它，越快越好，第一眼認出來的時候就該動手。

在小王子居住的星球上有一些很可怕的種子，那就是猴麵包樹的種子。那個星球的泥土裡有很多很多這種種子。假如來不及發現，那猴麵包樹就再也沒法除掉了。它會長滿整個星球，它的根會把星球穿透。假如星球太小，猴麵包樹又太多的話，它們就會把星球弄得四分五裂……

「這是一個紀律問題。」小王子後來跟我說。

「當你早上梳洗完了，就該去梳理你的星球了，就這樣，要很細心。你一定要及時地拔掉所有猴麵包樹的幼苗。起初它們和玫瑰的幼苗很像，但是一旦把它們分辨出來了，就一定要立即把它們拔掉。這個工作很乏味，」小王子說，「可是很簡單。」又有一天他跟我說：「你一定要畫一幅好看的畫，這樣你的星球上的小孩子們就能看明白究竟是怎麼一回事了。那對他們以後出去旅行會很有用的。」

「有時，」他接著說，「把一件工作延遲點做也不會有害處。可是像猴麵包樹這樣的事情，一旦拖延，就會後患無窮。我就知道有一個星球上住著一個懶傢伙，他放過了三棵小樹苗……」

所以，就像小王子對我說的那樣，我畫了一幅那個星球的圖。我並不喜歡說教的口氣，可是猴麵包樹的危險鮮為人知，這樣假如在一顆小行星上迷了路就會十分危險，所以我只得打破慣例。

「孩子們，」我直接地說，「小心猴麵包樹！」我的朋友們
和我一樣，已經處在危險邊緣很久了，卻從來都不知道這個危險，
所以我才為他們花了這麼大的功夫畫這幅畫。

　　雖然有些麻煩，不過我提出的這一個教訓還是值得的。也許
你會問我：「為什麼書裡別的圖畫都沒有這幅猴麵包樹畫得這麼
好、令人印象這麼深刻呢？」答案很簡單。我努力了，可是別的
畫都畫得不太成功。而當畫這些猴麵包樹的時候，我是在被一種
刻不容緩的力量所激勵著。

猴麵包樹

啊，小王子！我開始一點點地明白了你那憂鬱生活的秘密……有很長一段時間，你唯一的樂趣就是看著日落享受著平靜的喜悅。

第四天的早晨，我又了解到了一些新的細節。你告訴我：

「我很喜歡日落。我們一起看日落吧。」

「但我們得等著。」我說。

「等著？等什麼？」

「等日落啊。我們得等到太陽下山的時候。」

起先你顯得很吃驚，然後就開始自顧自笑起來。你對我說道：「我總是以為自己在家裡呢！」

就這樣，大家都知道美國還是正午時，法國卻是夕陽西下的時候。如果可以在一分鐘內飛到法國，你就可以在剛過了正午時分馬上看到夕陽西下。不幸的是，法國離得太遠了。可是在你那小小的星球上，我的小王子，你所需要的就只是把坐椅挪幾步，就可以在喜歡的時候看到夕陽西下，黃昏到來……

「有一天，」你告訴我，

「我看過四十四次日落！」

過了一小會兒，你接著說道：

「你知道，當一個人不開心的時候，就會喜歡上日落……」

「那看了四十四次日落的那天你很不開心？」我問。

但是小王子沒有回答……。

第五天的時候——像以前一樣，還是因為綿羊的緣故——關於小王子生活的謎團又解開了一點。像是已經在腦海中沉思了許久一樣，他突然莫名其妙地問我：

「羊——如果吃小灌木的話，是不是也會吃花？」

「羊，」我說，「碰見什麼吃什麼。」

「帶刺的花也吃？」

「當然，帶刺的也吃。」

「那麼那些刺——有什麼用呢？」

我不知道。當時我正忙著把引擎上一個很緊的螺絲給擰下來。我很著急，顯然我的飛機問題很嚴重。剩下的飲用水也很少了，這使我十分擔心。

「那些刺 —— 有什麼用呢？」

小王子問了問題就一定要得到答案才罷休。而我，正在為那個螺絲發愁，所以就把腦海中第一個想到的答案告訴了他：

「刺是什麼用都沒有的。花上帶了刺只是因為那是一朵不好的花！」

「哦！」

大家都不說話了，沉默了一陣後，小王子終於又回過神來，有些不滿地衝著我說：

「我不相信你！花兒都很弱小，很單純。她們只是想盡可能地保護自己，覺得有了刺就有了保護自己的武器……」

我沒有回答。那時候我正在自顧自地想著：「如果這個螺絲還轉不動，我就拿鎚子把它打出來。」但小王子又一次打斷了我的思路。

「你真的覺得花兒 ——」

「哦，不！」我大聲叫道，「不，不，不！我什麼都不知道！我想到什麼就說了什麼。你難道沒看見嗎 —— 我很忙，有很多正事要做！」

他瞪著我，有如受了晴天霹靂一般。

「正事！」

他就在那兒看著我，我的手裡拿著鎚子，手指上滿是黑黑的機油，正伏在一個他看來奇醜無比的東西上……

「你的口氣就像那些大人們一樣！」

這讓我覺得有點不好意思。不過他毫不留情地繼續說道：「你們總把所有的事情都混為一談……把所有的事情都搞混……」

他是真的很生氣，在微風中，晃著金色的捲髮。

「我知道有個星球上住著一個紅臉的先生。他從來都沒聞過一朵花，從來沒看過一顆星星，也從來沒有愛過任何一個人。他這輩子除了把一些數字加加減減以外，別的什麼都沒做過。他整天翻來覆去說的一句話就和你說的一樣：『我正忙著做正事呢！』那使得他傲氣十足。可他簡直就不是人 —— 他是一個蘑菇！」

「一個什麼？」

「一個蘑菇！」

小王子那時氣得臉都發白了。

「幾百萬年以來，花兒都一直長著刺，羊也照樣會吃她們。搞清楚為什麼花兒要費這麼大的勁，長些對自己並沒有用處的刺，這難道不是正事嗎？難道羊和花之間的戰爭就不重要嗎？這難道不是比紅臉大胖子的帳更要緊的正事嗎？如果我知道 —— 我自己知道的 —— 一朵世間獨一無二的花，只長在我的星球上的花，但哪天早上就能被小羊隨便一口給毀了，小羊甚至都不知

道自己做了些什麼 —— 哦！你竟然覺得這個不重要！」

　　他的臉漸漸由白轉紅，接著說道：

　　「如果有人愛上了這朵花，這朵在億萬顆星星上的唯一的花，那他看著這繁星就會覺得很幸福。他可以跟自己說，『在其中一顆星星上，我的花就在那裡……』可是要是羊吃掉了那朵花，瞬間他的星空就會變得黯淡……而你竟然覺得這不重要！」

　　他已經泣不成聲，說不下去了。

　　夜幕降臨了。我把手裡的工具扔到了一邊，我的鎚子、螺絲，甚至還有飢渴，還有死亡，都扔到了一邊。

　　在一顆星星，一個星球，我的星球，地球上，有一個小王子需要安慰。我把他抱在懷裡，輕輕搖著，對他說：

　　「你愛的花兒不會有危險的。我會為你的小羊畫一個口罩，會在花旁畫上欄杆。我會 ——」

　　我不知道該對他說什麼好。我覺得自己很笨拙。我不知道自己該怎樣才能和他一樣，達到他的境界，然後再和他一起並肩前行。淚水的世界是多麼神秘啊。

沒多久我就對這朵花有了更多的了解。在小王子的星球上，那裡的花一直都非常簡單，就只有一層花瓣而已，長得也很小，不佔什麼地方，也從來不去打擾別人。清晨她們會綻放在草叢中，而到了夜晚她們就靜悄悄地凋謝。可是有一天，不知道從哪兒來了粒種子，長出了一株新的幼苗，小王子很仔細地觀察過這株小幼苗，它和他星球上的其他小幼苗一點也不像。

你看，這可能是一種新的猴麵包樹。不過枝葉很快就停止了生長，開始孕育一朵鮮花。小王子先是看到了一個很大很大的花蕾，立刻就感覺到那花蕾裡正孕育著一個奇蹟。可是這朵花兒躲在她的綠閨房裡打扮了很久都不滿足。她精心地選擇自己的顏色，一片片地調整花瓣的位置，她可不想像虞美人一樣皺巴巴地去到外面的世界。她希望自己出現的時候光彩四射。是的，她是很愛美的！她日復一日地悄悄裝扮著自己。終於有一天清晨，恰在日出時分，她綻現了身姿。在經過了這麼多的精心準備之後，她打著哈欠說道：「啊！我才剛睡醒。請你原諒我。我的花瓣還有些亂……」可

是小王子抑制不住愛慕之情，說道：

「哦！你真漂亮啊！」

「難道不是嗎？」花兒甜甜地回答道，「我是和太陽一起出生的……」

小王子一下子就猜到她一點兒也不謙虛，可是她是多麼地動人啊！

「我想該是早餐時間了，」她緊接著說道，「你也該好心地想一想我的需要……」。

小王子聽了十分不好意思，跑出去找澆花器了。

就這樣，他照顧著花兒，而她的虛榮心也很快開始折磨他。假如知道了事實真相的話，會有些讓人為難。

比如有一天，她說到她的四根刺的時候，她告訴小王子：「讓老虎們張牙舞爪地過來吧！」

「在我的星球上沒有老虎，」小王子反駁道，「而且，再怎麼說，

33

老虎也是不吃草的。」「我不是草，」花兒甜甜地回答。

　　「請原諒我……」

　　「我一點都不害怕老虎，」她繼續說道，「但我怕風，你沒幫我準備屏風吧？」

　　「怕風，對於一株植物來說，可真不幸，」小王子心想，「這朵花可真嬌貴啊……」

　　「晚上的時候我想要你把我放進玻璃罩子裡。你住的地方很冷。在我來的那個地方……」可說到這兒的時候她就打住了。

她來的時候也只是一顆種子而已，是不可能知道其他世界的事情的。

　　被人發覺她在撒謊，令她有些尷尬，她咳嗽了兩三聲，好讓小王子覺得理虧。

「屏風呢？」

「我正要去找呢，你就跟我說話了……」

她馬上又多咳嗽了幾聲，好像剛才那樣讓他感到後悔。小王子本來是一番好意地愛著她的，聽了這番話，也不由得開始對她產生了懷疑。他對她無關緊要的話看得太重，這使得他自己很不開心。

「我不該聽她的話的。」有一天他向我訴說道。

「絕不該聽那些花兒的話。你應該只是看著她們，感受她們的芬芳氣息。我的花兒讓我的星球芳香四溢，可是我卻不知道去享受她的美好。說什麼爪子的事，本該讓我心裡充滿愛憐和同情的，可是卻讓我這麼心煩。」

他繼續傾訴道：「事實上我那時什麼都不懂！我應該看她的行動而不是聽她的言語。她使我的生活變得芬芳多彩。我真不該離開她跑出來……我應該猜到她的小把戲後頭的感情。花兒都是這樣自相矛盾！但我那時還太年輕，不知道該怎樣去愛她……」

我相信他一定是藉著候鳥遷徙的機會跑出來的。離開的那個清晨，他把自己的星球收拾得井井有條。他認真地清掃了他的活火山。他有兩座活火山，早上可以很方便地用來熱早飯。

他也有一座死火山。可是，照他的說法，「誰也不知道哪天會變成活火山吧！」所以他也把那座死火山打掃乾淨了。打掃乾淨了，火山內部就會一點一點地慢慢燃燒，不會猛然噴發。火山噴發就像壁爐裡的火燄一樣。

在地球上，因為我們長得太小，沒辦法去清掃我們的火山，所以它們才不斷地給我們帶來麻煩。小王子帶著有點沮喪的心情把最後幾棵猴麵包樹的幼苗剷除了。他相信自己再也不會回去了。可是在這最後的一個清晨，所有這些熟悉的例行公事都顯得彌足珍貴。

當他為花兒最後一次澆水，準備把她放到玻璃罩子下的時候，他發覺自己的淚水在眼眶打轉。
「再見了，」他對花兒說。但她並沒有回答。「再見。」他又說了一遍。花兒咳嗽了幾聲，但並不是因為感冒引起的。

　　「我以前太傻了。」最後，她對他說，「請

你原諒我。你一定要幸福……」花兒並沒有責怪他，這使他感到很驚訝。他不知所措地站在那裡，手裡還舉著玻璃罩子。他不太明白花兒為什麼會這樣溫柔而平靜。

「當然，我愛你，」花兒告訴他，「你卻一直都不知道。這都是我的錯。不過沒關係了。但你，你就像我一樣傻。你一定要幸福……把玻璃罩子放下吧。我以後也不需要它了。」

「可是有風……」「我的感冒並不嚴重……晚上的涼風對我有好處的。我是一朵花啊。」

「可是有蟲子和野獸……」「當然，如果我想要和蝴蝶做朋友的話，就得要能忍受毛毛蟲。它們看上去都很美麗。除了蝴蝶和毛毛蟲，還有誰會來看我呢？你會離得很遠很遠……至於大的野獸，我一點都不害怕，我有我自己的爪子。」

然後，她天真地給他看她的四根刺。接著她說：「別這樣猶豫不決了。既然你已經決定了要走。你走吧！」

因為她不想讓他看到她在哭。她是一朵如此驕傲的花……

他認真地清掃他的活火山。

他 了解到附近的小行星還有325號、326號、327號、328號、
329號和330號。於是他開始訪問這些小行星以增長見聞。

他到達的第一個行星上住著一個國王,穿著貴重的紫色貂
裘,坐在簡單卻威嚴的寶座上。

「啊!來了個臣民,」看見小王子到來時,國王大喜道。

小王子心裡納悶:

「他是怎麼認識我的?以前又沒見過我。」

他不知道，對國王們而言，這個世界十分簡單，除了自己以外其他所有人都是臣民。

「走過來點，讓我好好看看。」國王十分得意，因為他終於成了某個人的國王。

小王子四處張望想找個地方坐下來，可是整個星球都被國王那華美的貂裘給蓋住了，他只好一直站在那裡。因為很累，所以他打了個哈欠。

「在國王面前打哈欠是有違禮節的，」國王說道，「我禁止你打哈欠。」

「我沒辦法，實在忍不住，」

小王子羞愧地答道，「我長途跋涉來到這裡，一直都沒有睡覺……」

「啊，那麼，」國王說，「我命令你再打一個。我已經好幾年沒見過別人打哈欠了。我覺得打哈欠還挺好玩的。來，快點！再打一個哈欠！這是命令。」

「我有點害怕……我打不出來了……」窘迫至極的小王子喃喃道。

「嗯，嗯！」國王應道，「那我，我命令你有時打個哈欠，有時……」

他看起來有些惱怒，說得也語無倫次。因為國王堅持自己的威嚴必須得到尊重，絕不能忍受別人的不服從。他是一個擁有絕對權力的君王。但是因為他是一個很好的人，所以他下的命令都是合情合理的。

舉例來說吧，他會說：「如果我命令一位將軍把他自己變成一隻海鳥，而這位將軍不服從我，那就不是將軍的錯，而是我的錯。」

「我可以坐下來嗎？」小王子怯聲問道。「我命令你坐下來。」國王這樣回答，一邊莊重地把自己的貂裘折過去一點。

可是小王子想：這星球這麼小，國王究竟有什麼可以統治的呢？

「陛下，」他對國王說，「請原諒，我想冒昧地請問您一個問題……」

「我命令你問我問題。」國王搶著答應了他。

「陛下——您統治些什麼呢？」

「統治一切，」國王威嚴而又簡單地答道。

「統治一切？」

國王做了個手勢，意思是，不僅他的星球，還有其他的星球，所有的星球都歸他管。

「所有的都歸你統治？」小王子問。

「所有那些都歸我管。」國王回答。

他的統治不僅僅是絕對，而且是對整個宇宙的統治。

「星星們都服從你？」

「那當然，」國王說，「它們立即服從。我是絕不能容許有不從的。」這樣的權力令小王子驚嘆不已。如果他有這樣的權威，他就可以在一天中不止看四十四次夕陽西下，而可以看七十二次，甚至一百次，兩百次，連椅子都不用動。他想起了被自己遺棄的星球，不由得有些傷感，於是便鼓起勇氣向國王請求道：

「我想要看日落……求您……命令太陽下山吧……」

「如果我要求一位將軍像蝴蝶一樣從一朵花飛到另一朵花，或者要他寫一齣悲劇，或者要他把自己變成一隻海鳥，而這位將軍沒法執行他所接到的命令的話，那是我們兩個誰不對？」國王問道，「是那位將軍還是我？」

「你。」小王子很肯定地說。

「正是如此。你必須要求別人去做他們能做到的事情，」國王繼續說，「權威首先應當是合情合理的。如果你要求你的百姓去投海，他們就會起來革命。我之所以有權要求大家服從我，是因為我的命令都是合理的。」

「那我的日落呢？」小王子提醒道——只要他提出了問題，就從來都不會忘記這問題。

「你會看到日落的。我會讓太陽下山的。不過，根據我的管理科學，得等到時機成熟時才行。」

「那是什麼時候呢？」小王子又問。

「嗯，嗯！」，國王在回答之前先翻了翻一本厚厚的曆書，「嗯！嗯！應該會在大概——大概——應該會在今晚大概七點四十分的時候。你就能看到我的命令被執行得多好。」

　小王子打了個哈欠。他遺憾自己看不到日落，於是開始感到有一點點無聊。

　「在這兒我沒什麼別的可做，」他對國王說，「我又要上路了。」

　「不要走，」這個好不容易有了一個臣民的國王說，「別走，我讓你做大臣！」

　「什麼大臣？」

　「司法大臣！」

　「但這裡一個要審判的人都沒有！」

　「我們不知道，」國王向他說道，「我還沒遊遍自己的王國呢。我很老了，這裡沒地方停放馬車，而自己走又太累。」

　「哦，但我已經看過了！」小王子一邊說，一邊轉過頭去向星球的另一邊瞥了一眼。那一邊和這一邊一樣，根本沒有人⋯⋯

　「那就審判你自己吧，」國王答，「那是最難的事情了。批判自己要比批判別人難得多。如果你能正確地批判自己，那你就是一個真正有智慧的人。」

　「沒錯，」小王子說，「可我在哪裡都能評判自己，不用住在這個星球上。」

「嗯，嗯！」國王說，「我有充分的理由相信在我的星球上有一隻老鼠。晚上的時候可以聽見牠的聲音。你可以審審這隻老鼠。你可以時不時地判牠一次死刑，牠的小命都由你決定。不過每次你都應該赦免牠，要有節制地對牠，因為我們只有這麼一隻老鼠。」

「我，」小王子答道，「不想判任何人死刑。我想我現在該上路了。」

「不行！」國王說。

已經整裝待發的小王子，不願看到老國王傷心，於是說道：

「如果陛下希望命令立即得到執行，那您就應該給我下達一個合理的命令。您應該可以，比如說，命令我在一分鐘之內離開。對我來說時機已經成熟……」

國王沒有回答，小王子猶豫了一會兒，嘆了一口氣，就離開了。

「我讓你做我的大使。」國王匆匆喊道。

他有一副很威嚴的派頭。

「大人們可真奇怪。」小王子自言自語著繼續他的旅途。

第二個星球上住著一個自負的人。

「啊哈！有一個崇拜我的人來拜訪我了！」他一見到小王子，還離著老遠就嚷起來。

對於那些自負的人來說，其他人都是自己的崇拜者。

「早安，」小王子說，「你戴的帽子真奇怪。」

「這頂帽子是致意用的，」這個自大狂回答，「當大家為我歡呼喝彩的時候，我就把這頂帽子舉起來行禮致意。不過，不幸的是，從來沒有人經過這裡。」

「是嗎？」小王子完全聽不懂那個自大狂在說些什麼。

「快拍手，一隻手拍另一隻手。」這個自大狂向小王子說道。

小王子便拍起手來。自負的人舉起帽子，致以謙遜的問候禮。

「這可比拜訪那個國王要有意思多了，」小王子自言自語道，他又一次開始鼓掌，一隻手拍另一隻手。自大狂又一次脫帽致意。

這樣練習了五分鐘之後，小王子對這個單調的遊戲感到厭倦了。

「怎麼才能讓你的帽子掉下來？」他問。

但這個自負的人沒聽見他的話。自負的人們除了表揚的話，其他的話是一句都聽不進去的。

「你真的很崇拜我嗎？」他問小王子。

「你的『崇拜』是什麼意思？」

「崇拜就是你覺得我是這星球上最帥、穿得最漂亮、最有錢、也最聰明的人。」

「可是在你的星球上就只有你一個人啊！」

「幫我個忙吧。就像剛才那樣崇拜我。」

「我崇拜你，」小王子微微聳了聳肩，「但你為什麼對這個這麼感興趣？」

於是小王子走了。

「大人們還真是奇怪。」他一邊想著一邊繼續他的旅途。

下一個星球上住著一個酒鬼。

這次的造訪很短，卻讓小王子十分的沮喪。

「你在那裡做什麼？」他問那個酒鬼。小王子看見他的時候，他正默默地坐在一堆酒瓶子前，這些酒瓶有些是空的，有的還是滿的。

「我在喝酒。」酒鬼憂鬱地回答。

「你為什麼喝酒呢？」小王子問。

「為了忘卻。」酒鬼說。

「忘卻什麼？」小王子問，他已經覺得那個酒鬼很可憐。

「忘卻我的羞愧。」酒鬼垂著頭坦言說道。「羞愧什麼？」小王子想要幫助他，所以繼續問下去。

「因為喝酒而羞愧！」酒鬼的話說完了，之後就再也沒說話。小王子困惑地走了。

「大人們真的是非常非常奇怪啊。」 他一邊想著一邊繼續他的旅途。

第四個星球是屬於一個商人的。這個人很忙很忙，忙到小王子到來的時候他連頭都沒有抬一下。

「早安，」小王子對他說，「你的香煙熄了。」

「三加二等於五。五加七等於十二。十二加三等於十五。早安。十五加七等於二十二。二十二加六等於二十八。我沒時間把它重新點著。二十六加五等於三十一。哎呀！那就是五億零一百六十二萬兩千七百三十一。」

「五億什麼？」小王子問道。

「呃，你還在啊？五億一百萬……我不能停下來……我有太多事情要做了！我在忙正經事，沒有功夫亂七八糟地聊。二加五

49

等於七⋯⋯」

「五億一百萬什麼啊？」小王子又重複了一遍。他從來都不會放過自己提出的任何一個問題。

商人抬起頭。

「我在這星球上住了五十四個年頭了，中間只被打斷過三次。第一次是二十二年前，不知道從哪兒掉下來一隻金龜子，牠發出一種驚人的噪音不斷迴盪，害得我在計算時出了四個錯誤。第二次是十一年前，我的風濕病發作了。都怪我沒好好運動，也沒時間散步閒逛。第三次——就是現在了！剛才算到五億一百萬⋯⋯」

「上百萬的什麼？」

商人突然意識到如果自己不回答這個問題，就永遠也別想安寧。

「上百萬的小東西，」他說，「你有時可以在天空中看見的。」

「蒼蠅？」

「哦，不。閃閃發亮的小東西。」

「蜜蜂？」

「啊，也不是。小的金色的東西，那些讓懶人們遊手好閒做夢的東西。我呢，我就只關心正經事。我的生活裡根本沒有遊手好閒做夢的時間。」

「啊！你說的是星星？」

「對了，就是星星。」

「你要拿這五億顆星星做什麼？」

「五億零一百六十二萬兩千七百三十 。我只關心正事。我很精確的。」

「你要拿這些星星幹什麼？」

「拿它們來做什麼？」

「對啊。」

「沒什麼。它們都是我的。」

「這些星星都是你的？」

「是啊。」

「不過我已經見過一個國王，他——」

「國王並不擁有什麼，他們只是統治。這是兩個不同的概念。」

「你擁有那些星星有什麼好處呢？」

「它們讓我變富有。」

「富有又有什麼好呢？」

「富有了就可以買別的星星了，如果有別的星星被發現了的話。」

「這個人，」小王子心想，「他的邏輯有點像那個可憐的酒鬼……」

不管怎麼說，他還有一些問題。

「人怎麼可能擁有星星呢？」

「那它們是屬於誰的？」商人不耐煩地回答了一句。

「我也不知道。誰都不屬於。」

「那它們就歸我了，因為我是第一個想到的人。」

「這樣就可以了？」

「那當然。要是你發現一顆沒有主人的鑽石，那它就是你的。要是你發現一個沒有主人的海島，那它就是你的。要是你能在別人之前先想到一個點子，你申請了專利，那點子就是你的了。所以我就擁有那些星星，因為在我之前沒有別人想到要佔有它們。」

「你說得對，」小王子道，「那你要它們來做什麼呢？」

「我管理它們，」商人回答，「我把它們數一遍再數一遍。這難度很大的。不過我天生就是一個只對正事感興趣的人。」

小王子依舊不滿意。

「如果我有一條絲巾，」他說，「我可以把它圍在脖子上，隨身帶著它。如果我擁有一朵花，我可以把她摘下來隨身帶著她。可你不能從天上把星星摘下來……」

「不能。但我可以把它們放到銀行去。」

「那是什麼意思？」

「意思就是，我在一張小紙上寫上我有多少顆星星。然後把紙放到抽屜裡，再把抽屜鎖起來。」

「這樣就可以了？」

「這就可以了。」商人說。

「真有意思，」小王子想，「這其實蠻有詩意的。只不過不是什麼要緊的事情。」

對於正經事，小王子和其他大人們的想法是不一樣的。

「我擁有一朵花，」他繼續對這商人說，「每天都為它澆水。我擁有三座火山，每星期都為它們打掃，（那座不活動的火山我也打掃的，說不定哪天就復活了）。我擁有花和火山，這對我的火山有好處，對我的花也有好處。可是你對這些星星卻是一點用處都沒有……」

商人張大了嘴巴，卻無言以對。於是小王子就離開了。

「大人們真的統統都很奇怪。」他只是這麼簡單地嘀咕了一句，就又踏上了旅途。

第五顆星球很奇怪，是最小的一顆星球了，那上面只容得下一盞路燈，和一個點路燈的人。小王子怎麼也解釋不了為什麼在茫茫天際中，一個荒無人煙，連房子都沒有一間的星球上會有路燈和點路燈的人。儘管如此，他還是告訴自己：

「這個人大概不太正常吧。不過比起那個國王、那個自大狂、那個商人，還有那個酒鬼，這個人也不算很不正常吧。至少他的工作有意義。他點亮路燈的時候，就好像賦予了一顆星星或一朵花生命。當他熄滅路燈的時候，就好像讓花兒或是星星安然入睡。這真是件美好的工作。既然是美好的，那當然是有意義的。」

當他到達這個星球的時候，很恭敬地向這個點路燈的人行禮致意了。

「早安，為什麼你剛才把路燈給熄滅了？」

「這是命令，」那人答道，「早安。」

「什麼命令？」

「命令我該熄滅路燈。晚安。」

接著他又把路燈給點亮了。

「可你為什麼又把它給點亮了？」

「這都是命令。」點燈人回答。

「我不明白。」小王子說。

「沒什麼要弄明白的，」點燈人說，「命令就是命令。早安。」

然後他把路燈又熄滅了。

接著他拿一塊紅格子手帕擦了擦額頭。

「我接手了一份苦差事。以前還挺合理的，我在清晨熄滅路燈，晚上再把它點亮。其他的時間，白天我可以休息，晚上就能睡覺。」

「後來命令變了？」

「命令一直沒變，」點燈人說，「這簡直就是個悲劇！這個星球一年比一年轉得快，而命令卻一點都沒變！」

「然後呢？」小王子問。

「然後——這顆星球現在每分鐘就轉一圈，我一秒鐘休息的時間都沒有了。每分鐘我都得把這路燈給點亮，然後再熄滅！」

「那還挺好玩的！你住的地方每一天就只有一分鐘！」

「一點都不好玩！」點燈人說，「我們倆說話的這功夫，一個月就過去了。」

「一個月？」

「是啊，一個月。三十分鐘，三十天嘛。晚安。」

他又把燈給點亮了。

小王子看著看著，覺得很喜歡這個點燈人，因為他如此忠於自己的命令。他想起了自己某天拖著椅子找落日的事情，他想要幫助這位朋友。

「你知道，」他說，「我可以告訴你一個隨時隨刻想休息就能休息的法子……」

「我總是想要休息。」點燈人說。

因為一個人可以在忠於職守的同時，又想要偷懶。

小王子繼續解釋道：

「你的星球這麼小，走三步就能繞上一圈了。你只要一直慢慢地向前走，就能總是沐浴在陽光下了。你想要休息的時候，就走幾步——只要你願意，天就可以總是亮著。」

「那對我也沒什麼大用，」點燈的人說，「我生平最喜歡的就是睡覺了。」

「那你可真倒霉。」小王子說。

「我是很倒霉啊，」點燈人說，「早安。」

然後他把燈熄滅了。

「那個人，」小王子自言自語著漸行漸遠，「那個人一定會被其他那些人看不起的，那個國王啊，那個自負的人啊，那個酒鬼啊，還有那個商人，會看不起他的。不過對我來說，他是他們這些人中間唯一一個不愚蠢可笑的。可能是因為他考慮的是別的事情，而不僅僅是他自己吧。」他有些遺憾地嘆了口氣，又自言自語道：

　　「在這麼多人裡，他是唯一一個可以和我做朋友的。只是他的星球真的是太小了，住不下兩個人……」

　　不過小王子沒有勇氣承認，最讓他捨不得離開這個星球的，其實是這個星球上每天一千四百四十次的日落！

「我接手了一份苦差事。」

Chapter

15

第六個星球是前一個的十倍大，上面住著一位老先生，他在寫一本厚厚的書。

「哦，看！來了一個探險家！」當他看到小王子到來時，不由得大喊起來。

小王子在桌子前坐下，有些氣喘吁吁。他已經走得太多，走得太遠了！

「你從哪兒來？」老先生對他說。

「那本大書是什麼？」小王子說，「你在幹什麼？」

「我是一個地理學家。」老先生對他說。

「什麼是地理學家？」小王子問。

「地理學家就是那種知道所有山河、湖海、城鎮、沙漠位置的學者。」

「那倒很有趣，」小王子說，「這裡至少還有個真正的內行人！」他朝地理學家所住的星球環視了一週。那是他見過最壯闊莊嚴的星球。

「你的星球真美麗，」他說，「這兒有海洋嗎？」

「我不能告訴你。」地理學家說。

「啊！」小王子很失望，「那這裡有山丘嗎？」

「我不能告訴你。」地理學家說。

「那城鎮、河流和沙漠呢？」

「我也不能告訴你。」

「但你是一個地理學家啊！」

「沒錯，」地理學家說，「可是我又不是一個探險家。在這個星球上一個探險家都沒有。地理學家不是跑出去探測城鎮、河流、山丘、海洋和沙漠的。地理學家是很重要的，不能隨便跑來跑去。地理學家不可以離開書桌。不過他在書房裡接見探險家們。他會問探險家們一些問題，然後把他們對旅行的回憶寫下來。如果這些人裡有一個人的回憶比較有意思，那地理學家就會對那個探險家的品格再做一番調查。」

「那是為什麼？」

「因為探險家說謊的話，地理學家的書就會遭殃。一個酒喝得太多的探險家也是如此。」

「那又是為什麼？」小王子問。

「因為一個喝醉了的人眼前會出現疊影，那麼地理學家就會在實際只有一座山的地方標註上兩座。」

「我知道有人，」小王子說，「會是個不太好的探險家。」

「那倒是有可能的。那麼，假如這個探險家的品格優良，就要調查一下他的發現了。」

「親自去看一看嗎？」

「不，那樣就太複雜了。不過可以要探險家拿出點確實的證據來。打個比方來說，假如探險家發現的是一座大山，那就可以要他帶點大石頭回來。」

地理學家突然一陣興奮。

「但你——你是從大老遠來的！你是一個探險家！你該跟我說說你的星球！」

於是地理學家打開了他的記錄本，削尖了他的鉛筆。探險家們的口述先是用鉛筆寫的，直到他們拿出確實的證據來，才用鋼筆記錄下來。

「如何？」地理學家期待地問道。

「哦，我住的地方，」小王子說，「不是很有意思的。那兒很小。我有三座火山。兩座是活火山，另一座是死火山。不過也說不定哪天就活了。」

「說不定。」地理學家說。

「我還有一朵花。」

「我們是不記錄花的。」地理學家說。

「那是為什麼？那朵花是我的星球上最美麗的東西了！」

「我們不記錄花卉，」地理學家說，「因為它們都很短暫。」

「『短暫』是什麼意思？」

「地理書，」地理學家說，「是所有的書裡最嚴肅的書，從來都不會過時。一座山基本不會變化它的位置，海洋也基本不會乾涸。我們寫的都是長久的事物。」

「但是死火山也會再復活的，」小王子打斷了他，「『短暫』是什麼意思呢？」

「不管火山是活動的還是不活動的，對我們來說都是一回事，」地理學家說，「我們關心的是山，這是不變的。」

「可是『短暫』是什麼意思呢？」小王子又重複了一遍，他一生中只要提出了問題就不會放過。他又問了一遍。

「意思是『有很快就消失的危險』。」

「我的花有很快就消失的危險？」

「當然。」

「我的花是短暫的，」小王子自言自語，「她只有四根刺來對抗外界的侵害，而我卻把她獨自留在星球上！」

　那是他第一次感到後悔。不過他又一次鼓足了勇氣。

　「您建議我現在該去哪個地方看看？」他問。

　「地球，」地理學家回答，「那個地方很有名。」

　於是小王子就離開了，心裡想著他的花兒。

接下來的第七個星球就是地球了。

　　地球可不是一個普普通通的星球！可以數得出來的就有一百一十一個國王（當然不會漏了黑人的國王們），七千個地理學家，九十萬個商人，七百五十萬個酒鬼，三億一千一百萬個自負的人——那就是說，有大概二十億個大人。為了讓你對地球的大小有個概念，我想告訴你：在有電以前，六大洲加起來一共需要維持四十六萬兩千五百一十一個人的點燈大軍來點亮街邊的路燈。

　　從遠一點的地方望過去，那是十分恢弘壯觀的場面。這支大軍行動起來就像劇院裡的芭蕾舞團一樣有條不紊。先是澳大利亞和紐西蘭的點燈人點亮路燈，把路燈點亮之後，他們就去睡覺了。接下來是中國和西伯利亞人上場加入到舞蹈中來，之後他們也會退到幕後。隨後出場的是俄羅斯和印度的點燈人，再後面是非洲和歐洲，再後面是北美，然後是南美。他們從來不會弄錯出場順序，這真的很了不起。在北極管著那唯一一盞路燈的點燈人，和他在南極管著唯一一盞路燈的同行，只有這兩個人可以不用過得那麼辛苦認真，他們一年就只忙兩次。

當一個人想要顯得風趣點,有時就會說得不太真切。我在跟你講點燈人的時候就不是完全真實的。我意識到自己講的會讓那些對我們的星球不了解的人留下一個錯誤的印象。在地球上人類只佔了很少的地方。如果地球上的二十億居民全都聚集在一起站好,就像開大會一樣,那就可以輕輕鬆鬆地放到一個二十英哩見方的大廣場上。所有的人都可以放到太平洋上的一個小島上去。

你跟大人們講那些,他們肯定不會相信的。他們會想像自己佔據了很廣闊的地域。他們會想像自己和猴麵包樹一樣重要。那你就該建議他們自己算一算。他們很喜歡數字,這會讓他們很高興。不過不要在這個額外的事情上浪費你的時間,沒有必要。我想你們該相信我。當小王子到達地球的時候,他沒有看到任何一個人,這令他感到相當驚訝。他開始害怕,以為自己走錯了地方。這時,沙地上有一團月光似的金色的東西穿過。

「晚安。」小王子禮貌地說。

「晚安。」蛇說道。

「我來的這個是什麼星球?」小王子問。

「這是地球,這裡是非洲。」蛇回答。

「啊!那地球上沒有人嗎?」

「這裡是沙漠。沙漠上是沒有人的。地球很大的。」蛇說。

小王子在一塊石頭上坐下來,抬眼向天空望去。

對看不到任何人感到相當驚訝的小王子。

　　「我在想，」他說，「天空中的星星閃閃發亮是否是為了讓我們有一天都能找到他自己的那一顆……看，我的星球，它就在我們頭頂上，卻離得這麼遠！」

　　「它很美，」蛇說，「你怎麼會來這裡？」

　　「我和一朵花鬧了點彆扭。」小王子說。

　　「哦！」蛇應道。

　　然後他倆都不作聲了。

　　「人都在哪兒呢？」小王子終於又繼續了對話，「在沙漠裡可真有些孤獨呢……」

　　「有人的地方也一樣孤獨。」蛇說。

小王子盯著牠看了很久。

「你真是個有趣的動物，」他又道，「和手指差不多粗……」

「可是我卻比國王的手指更有威力。」蛇說。

小王子笑了。

「你並不是很有威力。你連腳都沒有，甚至不能去旅行……」

「我可以把你帶到很遠的地方，比船載你更遠。」蛇說。

它盤在小王子的腳踝處，像一個金色的鐲子。

「不管是誰，只要我碰一下就能把他們送回到來時的地方，」蛇又說，「不過你很純潔，而且還是從別的星球上來的……」

小王子沒有回答。

「你讓我覺得很可憐——在這個花崗石構成的地球上，你是這麼弱小，」蛇說，「我可以幫助你，如果有一天你十分想念自己的星球，我可以——」

「哦！我很明白你的意思，」小王子說，「可是為什麼你說話總是像在說謎語？」

「我可以揭開所有的謎語。」蛇說。

然後他們又都沉默了。

「你真是個有趣的動物，和手指差不多粗……」

Chapter

18

小王子穿行在沙漠中，只遇見了一朵花。那是一朵有著三片花瓣，一點都不起眼的花。

「妳好！」小王子說。

「你好！」花兒應道。

「人們在哪裡？」小王子禮貌地問。

花兒曾經見到一隊商隊走過。

「人們？」它回答，「我想應該只有六七個吧。我看見過他們，那還是幾年以前的事情，可現在誰也不知道上哪兒去找他們了。風吹著他們到處跑。他們沒有根，所以生活得十分艱難。」

「再見。」小王子說。

「再見。」花兒說。

Chapter

19

那之後，小王子爬上了一座高山。他以前所知道的山就只有那三座火山，它們都只到他的膝蓋。他以前就用那座不活動的火山做腳凳。「在一座這樣高的山上，」他自言自語，「我應該可以一眼望見整個星球和所有的人……」可是除了幾座如針尖似的山峰外，他什麼都沒有看到。

「你好！」小王子禮貌地問候。

「你好——你好——你好——」回音回答道。

「你是誰？」小王子問。

「你是誰——你是誰——你是誰？——」回音回答。

「做我的朋友吧。我很孤獨。」他說。

「我很孤獨——孤獨——孤獨——」回音回答。

「真是一個奇怪的星球！」他想，「這裡又乾燥又不平整，又粗糙又冷酷，人們一點想像力都沒有，只是重複別人對他們說的話……在我的星球上有一朵花，她總是第一個說話……」

<big>小</big>王子在沙漠、石塊、雪地中走了很久很久,最後終於
走到了一條路邊。路都是通往人住的地方的。

「妳們好。」他說。

他正站在一個花園前,裡面滿是盛開的玫瑰。

「你好。」玫瑰們回答。

小王子凝視著她們。她們都和他的花長得很像。

「你們是誰?」他詫異地問道。

「我們是玫瑰。」玫瑰們回答。

於是他感到有些傷心。他的花曾告訴他,說自己這種花在宇
宙中只有她這唯一一朵。而這裡,就這一個花園裡,就有五千朵
這樣的花,全都長得一樣!

「她一定會很惱火，」他自言自語，「如果她看見那些……她一定會咳得更厲害，然後假裝快死了，這樣就不會被人笑。而我應該假裝照顧她康復——因為如果我不那樣做的話，為了讓我難堪，她一定真的會讓自己死去……」

　　他繼續想著：「我以為自己很富有，擁有一朵全世界獨一無二的花，可是我只有一朵普通的玫瑰。一朵普通的玫瑰，和三座只到我膝蓋的火山，其中一座也許永遠都不會噴發……那樣我永遠無法成為一個了不起的王子……」

　　於是他躺在草叢中，哭了起來。

Chapter
21

就在那時，狐狸出現了。

「你好！」狐狸說。

雖然小王子轉過頭去的時候什麼也沒看到，可他仍然禮貌地回答：「你好！」。

「我在這兒，」那聲音說道，「在蘋果樹下。」

「你是誰？」小王子問，接著又說，「你看起來真漂亮。」

「我是隻狐狸。」狐狸說道。

「來和我玩吧，」小王子提議說，「我不開心。」

「我不能和你玩，」狐狸說，「我還沒被馴服。」

「啊！對不起。」小王子說。

然後他想了想，問道：

「『馴服』是什麼意思？」

「你不住這兒的吧，」狐狸說，「你在找什麼？」

「我在找人，」小王子說，「『馴服』是什麼意思？」

「人啊，」狐狸說，「他們有槍，還會打獵，很討厭的。不過他們還會養雞，這是他們唯一的好處。你在找雞嗎？」

「不，」小王子說，「我在找朋友。『馴服』是什麼意思？」

「這是一件常常被人忽略的事情，」狐狸說，「它的意思就是建立關係。」

「建立關係？」

「沒錯，」狐狸說，「在我眼裡，你只不過是一個小男孩，和其他成百上千的小男孩一樣。我不需要你，你也不需要我。對你而言，我也只不過是一隻狐狸，和其他成百上千的狐狸一樣。可是如果你馴服了我，那我們就會互相需要對方。對我來說，你就會是世界上獨一無二的一個；對你來說，我也會是世界上獨一無二的一個……」

「我開始明白了，」小王子說，「有一朵花……我想她已經把我馴服了……」

「那倒是有可能的，」狐狸說，「在地球上你什麼樣的事情都能看到。」

「哦，可這不是在地球上的事情！」小王子說。

狐狸看起來有些困惑，但又十分好奇，

「在另一個星球上？」

「是的。」

「在那個星球上有獵人嗎？」

「沒有。」

「啊，那倒很有意思！那裡有雞嗎？」

「沒有。」

「世事無完美。」狐狸感嘆道。但牠又把話題拉了回來。

「我的生活很單調，」狐狸說，「我獵雞，人們獵捕我。所有的雞都是一樣的，所有的人也都是一樣的。所以，我覺得有點無聊。可是如果你馴服了我，就好像陽光照亮我的生命。我會分辨出一種與眾不同的腳步聲。其他的腳步聲會讓我趕緊躲到地下去，而你的腳步聲卻會像音樂一樣召喚我走出我的洞穴。你看，看見遠處的麥田了吧？我不吃麵包，小麥對我沒什麼用，麥田對我也沒什麼吸引力。這真叫人難受。但你有一頭金黃色的頭髮。想想你馴服了我之後該多美好啊！那些金色的麥粒就會讓我想起你，我甚至會愛上清風拂過麥浪的聲音……」

狐狸凝視了小王子很久之後說：

「請你——馴服我吧！」

「我也非常想，」小王子回答，「可是我沒有很多時間。我還要找朋友，還有許多的事情不明白。」

「只有那些被你馴服了的事物你才能弄明白，」狐狸說，「人們沒有時間去弄明白所有的事物，他們會去商店買現成的東西，可是沒有哪家商店裡是可以買到友誼的，所以他們並沒有朋友。如果你想要朋友的話，就馴服我吧……」

「要馴服你的話，我該做些什麼？」小王子問。

「你一定要十分耐心，」狐狸回答，「你先坐在離我稍稍遠一點的地方——像那兒——在草叢裡。我會用眼角的餘光看你，你什麼都不要說。語言會產生誤會。之後你每天都坐得離我更近一點」。

第二天，小王子又來了。

「你要是在原來的時間過來就更好，」狐狸說，「譬如，要是你下午四點過來，那三點的時候我就會開始感到開心。時間一點點過去，我也越來越高興。四點的時候，我就會坐立不安。我會告訴你我有多開心！可如果你是隨便什麼時候來的話，我就不知道自己的心該什麼時候開始期待，你應當遵循一定的儀式……」

「什麼是儀式？」小王子問。

「這也是一種常常被人忽略的活動，」狐狸說，「它可以使得某一個日子變得與其他日子不同，某一個小時變得和其他小時不同。比如說，我的獵人們之間有種儀式，每個星期四他們都會去和村裡的姑娘們跳舞。所以星期四對我來說就是十分美好的一天！我可以一直走到葡萄園去。可是如果獵人們隨便什麼時候都跳舞，每一天都和其他日子沒什麼分別，我就永遠都沒有假期了。」

就這樣，小王子馴服了狐狸。當他離開的時刻一點點逼近……

「啊，」狐狸說，「我想哭了。」

「是你自己不好，」小王子說，「我從沒想過要傷害你，可是你卻要我馴服你……」

「的確是這樣的。」狐狸說。

「可是你現在就要哭了！」小王子說。

「的確是這樣。」狐狸說。

「那對你一點好處都沒有！」

「對我有好處的，」狐狸說，「因為麥田的顏色。」他接著
說道：

「再去看一眼玫瑰吧。你現在就能明白你的那朵在世間是唯
一的。然後回來和我道別，我會告訴你一個秘密。」

小王子走了，再去見一見玫瑰花們。

「妳們一點也不像我的玫瑰，」他說，「妳們什麼都不是，
沒有人馴服妳們，妳們也沒有馴服過任何人。你們就像我的狐狸

78

第一次與我相遇時那樣，那時牠只是一隻狐狸，和其他千萬隻狐狸沒有分別。可是我把牠當成了朋友，現在牠就是這世間獨一無二的了。」

玫瑰們十分尷尬。

「妳們很漂亮，但是很空虛，」他繼續說道，「沒有人願為妳們而死。當然，我的那朵玫瑰，也會有普通的路人會覺得它和妳們一樣。可是單單它一朵就比妳們上百朵更重要，因為她是我澆灌的，是我放進玻璃罩子裡的，是我放到屏風後保護起來的，因為她身上的毛毛蟲是我消滅的（除了剩下的兩三條是為了讓它們變成蝴蝶），因為她的哀怨和驕傲，甚至有時候她的一語不發，都是我在傾聽著，因為她是我的玫瑰。」

然後他回去見了狐狸。

「再見了。」他說。

「再見吧，」狐狸說，「現在告訴你我的秘密，一個很簡單的秘密：只有用心才能看清楚，真正重要的東西用眼睛是看不見的。」

「真正重要的東西用眼睛是看不見的。」小王子重複著，好讓自己牢牢記住。

「因為你在自己的玫瑰上傾注了時間，所以才使得你的玫瑰如此重要。」

「因為我在自己的玫瑰上傾注了時間……」小王子唸道，好讓自己牢牢記住。

「人們已經忘記了這個真理，」狐狸說，「但你不可以忘記。你要為自己馴服了的一切負責到底，你要為你的玫瑰負責……」

　　「我要為我的玫瑰負責。」小王子重複著，好讓自己牢牢記住。

「你好！」小王子說。

「你好！」鐵路扳道工說。

「你在這兒做什麼？」小王子問。

「我在分配旅客，每一千個人一批，」扳道工說，「火車載著他們，而我就負責時而把火車分配到右邊，時而分配到左邊。」

這時一列燈火通明的高速列車飛馳而過，一陣雷鳴似的轟響把扳道工的小屋震得發顫。

「他們很著急啊，」小王子說，「他們在尋找什麼？」

「就是開火車的人也不知道。」扳道工說。

第二列燈火通明的高速列車雷鳴般地急駛而過，方向卻是相反的。

「他們已經又回來了？」小王子問。

「不是同一列，」扳道工說，「是一列對開的車。」

「他們不滿意自己所在的地方嗎？」小王子問。

「沒有人滿意自己所在的地方。」扳道工回答。

然後他們聽到了第三列燈火通明的列車飛馳過的轟鳴聲。

「他們是在追隨第一批旅客嗎？」小王子問。

「他們什麼都沒在追隨，」扳道工說，「他們在裡面睡覺，如果不是在睡覺的話就是在打哈欠。只有小孩子才會把鼻子貼在玻璃窗上往外看。」

　　「只有孩子們知道自己在追尋什麼，」小王子說，「他們在一個玩具娃娃上花費時間，那個娃娃就成了很重要的東西。如果有人從他們手裡把娃娃拿走，他們就會哭……」

　　「他們運氣真好。」扳道工說。

「你好！」小王子說。

「你好！」商人說。

這是一個賣藥的商人，他賣的藥可以止渴。你每個星期只要吞下一顆藥，就不需要喝水了。

「為什麼賣這個呢？」小王子問。

「因為這可以節省很多很多的時間，」商人回答，「專家做過計算，有了這些藥，每星期你就可以節省下五十三分鐘。」

「我要這五十三分鐘來做什麼呢？」

「隨便什麼都行……」

「是我的話，」小王子自言自語，「要是我有這五十三分鐘可以隨便做什麼，我就慢慢地走到泉水邊去。」

Chapter

24

從我發生事故到這沙漠起，現在已是第八天了，我聽著這個關於商人的故事，同時喝完了僅剩的最後一點水。

「啊，」我對小王子說，「你的這些回憶都很有意思，可是我仍然沒法修好我的飛機；也沒有什麼可以喝的了。如果可以慢慢地走到泉水邊我也會很高興的！」

「我的朋友，狐狸——」小王子對我說道。

「我親愛的小朋友，別再提狐狸了！」

「為什麼別提牠了？」

「因為我就要渴死了……」

他沒理解我的想法，回答道：

「有一個朋友真是件好事，即使是一個垂死的人。譬如我就很高興能有狐狸做我的朋友……」

「他一點都不曉得危險，」我思忖著，「他一定從來也不會感到飢餓或乾渴，他所要的只是一點點陽光。」

可是他卻定定地看著我，然後對我的想法做出了回應：

「我也很渴。我們去找口井吧……」

我顯出厭倦的樣子。在這漫漫沙漠之中盲目地去找井，真是一件荒唐的事情。可是話雖如此，我們還是開始動身了。

我們拖著沉重的步伐走了好幾個小時。一片寂靜，夜幕降臨，群星閃爍。乾渴讓我有些許興奮，我看著周圍的一切，好似夢境中一般。小王子最後的幾句話又重新在我腦海中閃現。

「你也渴嗎？」我問。

可他並沒有回答我的問題，只是對我說：

「水對心靈也有好處……」

我不明白這個答案是什麼意思，不過我也沒說什麼。我很清楚反覆追問他也沒用。

他很累，便坐了下來。我在他身邊坐下來。然後，他沉默了一會兒，說道：

「星星很美麗，因為有一朵看不到的花。」

我回答他，「是啊，的確如此。」然後看著面前月光下這一片延展起伏的沙漠，就再沒說什麼。

「沙漠真美。」小王子說道。

那倒是事實，我一直都很喜歡沙漠，可以坐在沙丘上，眼見無物，耳聞無聲，但在寂靜中卻又蘊藏著一絲悸動，一線光彩。

「使沙漠如此之美的，」小王子說道，「是在某個地方藏著的一口井。」

我突然明白了沙漠之中的神秘光彩，這使我為之一震。當我還是個小男孩的時候，住在一幢老房子裡，傳說那裡埋著寶藏。

從來都沒有人知道怎麼才能找到它，可能也從來沒有人去找過它。可是這卻給那幢老房子增添了一分神秘感。我們的房子深處藏著一個秘密……。

「對啊，」我對小王子說，「房子、群星、沙漠……使它們美麗的東西其實是看不見的！」

「我真高興啊，」他說，「你和我的狐狸想的一樣。」

小王子睡著了，我把他抱在懷裡，又重新出發了。我很感動，也很激動，好像懷裡抱著的是一個很柔弱的寶貝，也許是全世界最柔弱的。月光下我看了看他蒼白的前額、緊閉的雙眼，和風中飄著的絲絲頭髮，暗自想道：「我在這兒所看見的都只不過是表象。真正重要的東西是看不到的……」

他的嘴似笑非笑地微微咧開，我又自顧自地想：「熟睡的小王子深深打動我的，是他對他那朵花的忠誠——那朵玫瑰花的樣子就像燈中的火苗，照亮了他的全部，即使在睡夢中也閃耀著光輝……」這時我感覺他變得更加柔弱了，我有一種想要保護他的渴望，彷彿他是一星火苗，一絲風就能把他熄滅……

我繼續走著，終於在黎明時分找到了水井。

「人們，」小王子說，「他們搭著快車上路，但卻不知道自己在尋找的是什麼。他們四處奔波，激動興奮，轉來轉去……」

他繼續說道：

「其實沒必要那麼麻煩的……」

我們找到的那口井並不像是撒哈拉沙漠裡的井。撒哈拉沙漠裡的井基本都是在沙上挖的洞。這口井卻像是村莊裡的井，可這裡並沒有村莊，我還以為自己是在做夢……

「這很奇怪啊，」我跟小王子說，「什麼都是現成的：滑輪、水桶、井繩……」他笑了，拿起井繩繞上滑輪，便開始工作。滑輪就像一個無風吹動、被遺忘許久的老舊風向標，吱吱作響。

「你聽見了嗎？」小王子說，「我們把這口井喚醒了，它正在歌唱……」

我不想累到他。

「我來吧，」我說，「這個對你來說太重了。」

我慢慢提起水桶把它放到井沿上，感到又開心又疲憊。滑輪的歌聲依然在我耳邊迴響，我看到陽光在晃動不止的水面上閃爍跳躍著。

「我要喝的就是這水，」小王子說，「給我喝點兒吧……」

於是我明白了他在尋找的是什麼。

他笑了，拿起井繩繞上滑輪，便開始工作。

我把水桶提到他的唇邊，他閉上眼睛喝著水，好似節日的特別款待一般甘甜。這水和普通水不一樣，有了星光下的夜行、滑輪的歌唱和我雙手的努力，才得到的這份甘之如飴。它就像一份禮物，慰藉著心靈。在我還小的時候，聖誕樹的燈光，午夜彌撒的音樂，溫柔的笑臉，都為我收到的禮物鍍上了一層光彩。

　　「你們這裡的人，」小王子說，「在一個花園裡種上五千朵玫瑰──卻無法從中尋到自己所尋找的東西。」

　　「他們找不到。」我應道。

　　「其實他們所尋找的，在一朵玫瑰、一滴水中就能找到。」

　　「沒錯。」我說。

　　小王子接著說：

　　「眼睛是看不到的，一定要用心去看……」

　　我喝了水，輕輕地呼吸。日出時分的沙漠是蜂蜜的顏色，這種蜂蜜色讓我覺得很幸福。那又是什麼讓我感到悲傷呢？

　　「你一定要遵守諾言。」小王子溫柔地說，一邊坐回到我身旁。

　　「什麼諾言？」

　　「你知道的──為我的小羊畫一個口罩……我要對那朵花負責……」

我把自己畫的草圖從口袋裡掏出來。小王子看到了，笑著說：

　　「你的猴麵包樹——看起來有點像大白菜。」

　　「哦！」

　　猴麵包樹還是我的得意之作呢！

　　「你畫的狐狸——牠的耳朵看起來有點像犄角，而且畫得也太長了。」

　　然後他又笑起來。

　　「小王子你怎麼能這麼說，」我辯解道，「除了蟒蛇的那張外觀圖和內視圖，其它我都不知道該怎麼畫啊。」

　　「哦，沒關係的，」他說，「孩子們能明白的。」

　　所以我就拿鉛筆畫了一個口罩的草圖。把它遞給小王子的時候我心裡很難過。

　　「你有什麼我不知道的打算吧？」我說。

　　但他沒有回答我的問題，反而對我說，

　　「你知道——我落到地球上——明天就滿一年了。」

　　他沉默了一會兒，接著說：

　　「我降落的地方離這裡很近。」

　　他的臉頰緋紅。

我也不知道為什麼，心裡又有了一絲傷感。此時我心中又有了一個問題：

　　「那一星期以前，我第一次見到你的那個清晨，你一個人在這個荒無人煙的地方轉來轉去，這並不是偶然的？你是要回到降落的地方去嗎？」

　　小王子的臉又紅了。

　　我有些猶豫地說：

　　「是因為一週年的緣故？」

　　小王子的臉又一次紅了，他從不回答問題——可是臉紅不就代表「是」嗎？

　　「啊，」我對他說，「我有點兒害怕——」

　　可是他打斷了我的話。

　　「現在你該工作了，一定要回到你的引擎邊去。我會在這裡等你的。明天晚上再回到這兒來吧……」

　　但我不太放心，我想起了狐狸。一個人如果被馴服了，就有可能會掉眼淚……

井邊還有一面殘破的石牆。第二天晚上,我工作回來之後,遠遠地就看見小王子兩腿晃來晃去地坐在牆頭上。我聽見他說:

「你不記得了,肯定不是同一個地方。」

一定是有什麼聲音回答了他,因為他又回答道:

「是的,是的!日子是對的,可是地方不對。」

我繼續朝牆走去,可還是什麼人都沒看到,也聽不到什麼人的聲音。可是小王子又回答道:

「當然。你在沙上可以看到我的腳步是從哪兒開始的。你什麼都不用做,在那裡等著我就可以了。我今晚應該可以到那兒。」

我離牆只有二十公尺了,可還是什麼都沒有看到。

沉默了一會兒,小王子又說道:

「你的毒液很毒吧?保證不會讓我痛苦很久吧?」

我停下了腳步,難受得心都碎了,可是卻仍然不明白發生了什麼。

「你走吧,」小王子說,「我要從牆上下來了。」

我向牆腳邊望去,嚇了一跳。在我眼前,面對著小王子的,是一條黃色的蛇,只需要半分鐘就能讓人致命的蛇。就在我伸手到口袋掏手槍的時候,也還是往後退了好幾步。可是聽到了我的腳步聲,蛇就像乾涸的泉眼一樣鑽入了沙中,不慌不忙地消失在石礫中,發出輕微地金屬般的聲響。

我走到牆邊,恰好把小王子接到懷中。他的臉像雪一般慘白。

「這是怎麼回事?」我問道,「你怎麼在和蛇說話?」

我鬆了鬆他一直圍著的金色圍巾,拿水擦了擦他的太陽穴,又給他喝了點水,不敢再問他什麼問題了。他嚴肅地看著我,雙手摟著我的脖子。我感到他的心跳得好像一隻被槍彈擊中瀕臨死亡的小鳥⋯⋯

「你解決了引擎的問題,我真高興,」他說,「現在你可以

93

回家了……」

「你怎麼知道的？」

我正是要來跟他說，在不抱任何希望的情況下，我已經順利完成了工作。

他沒有回答我的問題，只是說道：

「我今天也要回家了……」

然後，他很憂傷地說——

「我的家更遠……回去也更加困難……」

我清楚地意識到有些不尋常的事情就要發生了。我把他當小孩一樣緊緊地摟在懷裡。但仍然感到他彷彿正朝著一個無底深淵筆直地墜落下去，我想要拉住他，卻無能為力……

他的表情看起來很嚴肅，像失了魂一樣。

「我有了你畫的小綿羊，有了牠的箱子，還有了牠的口罩……」

然後他憂傷地對我笑了笑。

等了很久，可以看到他一點點地清醒過來。

「我親愛的小傢伙，」我對他說，「你害怕了……」

毫無疑問，他很害怕，可是他卻輕輕地笑了。

「今晚我會怕得更厲害的⋯⋯」

我再一次感到有一種無可挽回的感覺把我定在原地，這時我才知道，只要一想到再也不能聽見他的笑聲，就無法忍受。對我來說，他的笑聲就像是荒漠中的甘泉。

「小傢伙，」我說，「我還想再聽到你的笑聲。」

但他卻對我說：

「今天晚上，就要滿一年了⋯⋯我的星星，恰好在我去年降落到地球的那個地方的上空⋯⋯」

「小傢伙，」我說，「告訴我，蛇的事情、見面的地點，還有星星，只是一場噩夢吧⋯⋯」

但他並沒有回答，反而對我說，「不過最重要的東西用眼睛是看不見的⋯⋯」

「嗯，明白⋯⋯」

「就像花兒一樣。假如你愛上了某顆星星上的一朵花，你在夜晚望著星空時就會感到很甜蜜。所有的星星都開滿了花兒⋯⋯」

「嗯，明白⋯⋯」

「就像水一樣。因為有了滑輪、井繩，所以你給我喝的就好像音樂一樣。你還記得——那有多好喝。」

「嗯，我明白……」

「夜晚仰望星空，因為我住的地方，東西都太小，所以我也無法指給你看怎麼找到它。那樣更好。對於你，我的星星就是繁星中的一顆。這樣你就會愛上天上的繁星……它們都會成為你的朋友。而且，我還要給你一件禮物……」

他又笑了。

「啊，小王子，親愛的小王子！我喜歡聽見這笑聲！」

「那就是我的禮物，就像我們喝水時那樣……」

「你想說什麼？」

「每個人都能看見星星，」他回答，「可是對於不同的人，它們是不同的。對於旅行者而言，星星就是嚮導；而對於別人而言，星星就只是天邊的微光。對於學者，星星是探究的課題；對於商人，它們就是財富。可是所有的星星都不說話。但是你——你一個人——擁有一片別人不曾擁有的星空——」

「你究竟要說什麼？」

「我住在其中的一顆星星上，我在上面笑著，所以當你在夜晚仰望星空時，就好像所有的星星都在笑。你——就只有你——擁有會笑的星星！」

他又笑了。

「當你的憂傷得到慰藉（時間可以撫平所有的感傷），你會因為認識我而感到高興。你一直是我的朋友。你會想要和我一起笑。有時你打開窗，就覺得很快樂……你的朋友會驚訝地看到你笑著抬頭仰望天空！然後你就告訴他們，『是的，星星總是可以讓我笑！』他們會覺得你瘋了。我跟你玩的惡作劇可真是不太高明……」

然後他又笑了。

「就好像，我並沒有給你星星，而是給了你很多很多會笑的小鈴鐺……」

然後他又笑了，不過很快又變得嚴肅起來：

「今天晚上——你知道——不要來了。」小王子說。

「我不會離開你的。」我說。

「我看起來會很痛苦，好像快死了，就是這樣的，所以不要來看我了，不必費心了……」

「我不會離開你的。」

但是他擔心起來。

「我跟你說這些——也是因為蛇的緣故。別讓牠咬了。蛇——是很壞的，可能只是因為高興就咬你一口……」

「我不會離開你的。」

不過他又想起了什麼，所以放下心來：

「牠們咬第二口的時候就沒有毒了。」

那一晚我並沒有看到他啟程。他一聲不響地離開了我。當我趕上他的時候，他正堅定地快步走著。他只是對我說：

「啊！你在那兒……」

然後他拉起了我的手，可是仍然很擔心。

「你不該來的，會覺得很痛苦。我看起來會像死去一樣，但其實不是真的……」

我什麼都沒說。

「你知道……太遠了。我沒法帶著這副軀殼，太重了。」

我什麼都沒有說。

「就像一個廢棄的空殼，空殼是沒什麼好叫人傷心的……」

我什麼都沒說。

他有一點洩氣，不過又做了一點努力：

「你知道，會很好的。我也會看著繁星。所有的星星都像是井，裡面帶著生了鏽的滑輪。所有的星星都可以倒出泉水來讓我喝……」

我依舊什麼都沒說。

「那會很好玩的！你會有五億個小鈴鐺，我也會有五億口水井……」

之後，他也不再說話了，因為他在哭……

「就是這兒了。讓我自己走吧。」

他坐了下來，因為感到害怕。然後他又說：

「你知道——我的花……我要為她負責。她這麼弱小！又是這樣天真！她只有四根刺來保護自己不受外界的侵害，其實一點用都沒有……」

我也坐了下來，因為再也站不住了。

「那現在——就這樣了……」

他仍然有些猶豫，然後站起身，走了一步，我卻動不了了。只見有一道黃色的光在他的腳踝邊閃了一下。剎那間，他一動也沒動，也沒有哭出來。他像一棵樹一樣緩緩倒下。因為倒在了沙地上，所以連一點聲音都沒發出來。

他像一棵樹一樣緩緩倒下。

Chapter

27

到如今，已經六年了……

我從來都沒有講過這個故事。回來後同伴們見到我平安無事，都覺得很高興。我很傷心，可是卻只告訴他們：「我很累。」

現在我的悲傷得到了些許安慰，也就是說——並沒有完全好。可是我知道他已經回到了自己的那顆星球上，因為在黎明破曉時我沒有找到他的遺體，那具身軀並不重……在夜晚我喜歡傾聽繁星，就好像五億個小鈴鐺……

不過還有一件不尋常的事情……當我替小王子畫羊的口罩時，我忘記畫上口罩的帶子了！他就沒辦法把它戴到小羊嘴巴上了。所以如今我一直在想：他的星球怎麼樣了？也許小羊把花給吃了……

有一段時間，我對自己說：「當然不會！小王子每個晚上都會把他的花放到玻璃罩子下的，他也會很小心地看管他的羊……」然後我就很高興，而所有的星星也都甜甜地笑了。

不過偶爾我也會對自己說：「人總是會有疏忽的時候，那就糟透了！要是有天晚上他忘記了玻璃罩子，又或者小羊在夜裡，一聲不響地跑了出來……」於是所有的小鈴鐺都變成了淚珠……

這真是很神秘。對於你們這些也喜歡小王子的人，就像對我來說一樣，如果宇宙中的某個地方，我們不知道的某個地方，有一隻我們從沒見過的羊吃掉了一朵玫瑰花，那麼世間萬物就會變得全然不同，是不是呢？

仰望天空，心中自問：是不是呢？羊有沒有吃掉花兒？你就會看到一切都如何變了樣……

　　但沒有一個大人能明白這是一件多麼重要的事！

對我來說，這是世界上最淒美的景色。這和前幾頁上畫的是相同的景色，但我重新畫了一遍，好讓你加深印象。就是在這兒，小王子在地球上出現，又消失……。

　　仔細地看一看，這樣如果有一天你到了非洲的沙漠，你也一定能認出他來。如果你經過那裡，請不要匆匆離去，在星星下等候一會兒。要是出現一個帶著笑意、滿頭金髮的小傢伙，從不回答問題，你們就知道他是誰了。假如他真的出現了，請寫封信告訴我他回來了，好讓我感到欣慰。

English Version

The Little Prince

In one of the stars I shall be living.
In one of them
I shall be laughing...

To Leon Werth

I ask the indulgence of the children who may read this book for dedicating it to a grown-up.

I have a serious reason: he is the best friend I have in the world.

I have another reason: this grown-up understands everything, even books about children.

I have a third reason: he lives in France where he is hungry and cold. He needs cheering up.

If all these reasons are not enough,

I will dedicate the book to the child from whom this grown-up grew.

All grown-ups were once children—although few of them remember it.

And so I correct my dedication:

To Leon Werth

When he was a little boy

Once when I was six years old I saw a magnificent picture in a book, called True Stories from Nature, about the primeval forest. It was a picture of a boa constrictor in the act of swallowing an animal. Here is a copy of the drawing.

In the book it said: "Boa constrictors swallow their prey whole, without chewing it. After that they are not able to move, and they sleep through the six months that they need for digestion." I pondered deeply, then, over the adventures of the jungle. And after some work with a colored pencil I succeeded in making my first drawing. My Drawing Number One. It looked like this:

I showed my masterpiece to the grown-ups, and asked them whether the drawing frightened them. But they answered: "Frighten? Why should anyone be frightened by a hat?" My drawing was not a picture of a hat. It was a picture of a boa constrictor digesting an elephant. But since the grown-ups were not able to understand it, I made another drawing: I drew the inside of the boa constrictor, so that the grown-ups could see it clearly. They always need to have things explained. My Drawing Number Two looked like this:

The grown-ups' response, this time, was to advise me to lay aside my drawings of boa constrictors, whether from the inside or the outside, and devote myself instead to geography, history, arithmetic and grammar. That is why, at the age of six, I gave up what might have been a magnificent career as a painter. I had been disheartened by the failure of my Drawing Number One and my Drawing Number Two. Grown-ups never understand anything by themselves, and it is tiresome for children to be always and forever explaining things to them.

So then I chose another profession, and learned to pilot airplanes. I have flown a little over all parts of the world; and it is true that geography has been very useful to me. At a glance I can distinguish

China from Arizona. If one gets lost in the night, such knowledge is valuable. In the course of this life I have had a great many encounters with a great many people who have been concerned with matters of consequence. I have lived a great deal among grown-ups. I have seen them intimately, close at hand. And that hasn't much improved my opinion of them.

Whenever I met one of them who seemed to me at all clear-sighted, I tried the experiment of showing him my Drawing Number One, which I have always kept. I would try to find out, so, if this was a person of true understanding. But, whoever it was, he, or she, would always say: "That is a hat." Then I would never talk to that person about boa constrictors, or primeval forests, or stars. I would bring myself down to his level. I would talk to him about bridge, and golf, and politics, and neckties. And the grown-up would be greatly pleased to have met such a sensible man.

Chapter

2

So I lived my life alone, without anyone that I could really talk to, until I had an accident with my plane in the Desert of Sahara, six years ago. Something was broken in my engine. And as I had with me neither a mechanic nor any passengers, I set myself to attempt the difficult repairs all alone. It was a question of life or death for me: I had scarcely enough drinking water to last a week.

The first night, then, I went to sleep on the sand, a thousand miles from any human habitation. I was more isolated than a shipwrecked sailor on a raft in the middle of the ocean. Thus you can imagine my amazement, at sunrise, when I was awakened by an odd little voice.

It said: "If you please, draw me a sheep!"

"What!"

"Draw me a sheep!"

I jumped to my feet, completely thunderstruck. I blinked my eyes hard. I looked carefully all around me. And I saw a most extraordinary small person, who stood there examining me with great seriousness. Here you may see the best portrait that, later, I was able to make of him. But my drawing is certainly very much less charming than its model.

Here you may see the best portrait that, later,
I was able to make of him.

That, however, is not my fault. The grown-ups discouraged me
in my painter's career when I was six years old, and I never learned
to draw anything, except boas from the outside and boas from the
inside.

Now I stared at this sudden apparition with my eyes fairly starting out of my head in astonishment. Remember, I had crashed in the desert a thousand miles from any inhabited region. And yet my little man seemed neither to be straying uncertainly among the sands, nor to be fainting from fatigue or hunger or thirst or fear. Nothing about him gave any suggestion of a child lost in the middle of the desert, a thousand miles from any human habitation.

When at last I was able to speak, I said to him: "But, what are you doing here?" And in answer he repeated, very slowly, as if he were speaking of a matter of great consequence:

"If you please, draw me a sheep..."

When a mystery is too overpowering, one dare not disobey. Absurd as it might seem to me, a thousand miles from any human habitation and in danger of death, I took out of my pocket a sheet of paper and my fountain-pen. But then I remembered how my studies had been concentrated on geography, history, arithmetic, and grammar, and I told the little chap (a little crossly, too) that I did not know how to draw. He answered me: "That doesn't matter. Draw me a sheep..." But I had never drawn a sheep. So I drew for him one of the two pictures I had drawn so often. It was that of the boa constrictor from the outside. And I was astounded to hear the little fellow greet it with, "No, no, no! I do not want an elephant inside a boa constrictor. A boa constrictor is a very dangerous creature, and an elephant is very cumbersome. Where I live, everything is very small. What I need is a sheep. Draw me a sheep."

So then I made a drawing. He looked at it carefully, then he said: "No. This sheep is already very sickly. Make me another." So I made another drawing. My friend smiled gently and indulgently. "You see yourself,"

he said, "that this is not a sheep. This is a ram. It has horns."

So then I did my drawing over once more. But it was rejected too, just like the others. "This one is too old. I want a sheep that will live a long time."

By this time my patience was exhausted, because I was in a hurry to start taking my engine apart. So I tossed off this drawing. And I threw out an explanation with it.

"This is only his box. The sheep you asked for is inside."

I was very surprised to see a light break over the face of my young judge:

"That is exactly the way I wanted it! Do you think that this sheep will have to have a great deal of grass?"

"Why?"

"Because where I live everything is very small..."

"There will surely be enough grass for him," I said. "It is a very small sheep that I have given you."

He bent his head over the drawing: "Not so small that, Look! He has gone to sleep..." And that is how I made the acquaintance of the little prince.

It took me a long time to learn where he came from. The little prince, who asked me so many questions, never seemed to hear the ones I asked him. It was from words dropped by chance that, little by little, everything was revealed to me.

The first time he saw my airplane, for instance (I shall not draw my airplane; that would be much too complicated for me), he asked me: "What is that object?"

"That is not an object. It flies. It is an airplane. It is my airplane." And I was proud to have him learn that I could fly. He cried out, then: "What! You dropped down from the sky?"

"Yes," I answered, modestly.

"Oh! That is funny!"

And the little prince broke into a lovely peal of laughter, which irritated me very much. I like my misfortunes to be taken seriously.

Then he added: "So you, too, come from the sky! Which is your planet?" At that moment I caught a gleam of light in the impenetrable mystery of his presence; and I demanded, abruptly: "Do you come from another planet?" But he did not reply. He tossed his head gently, without taking his eyes from my plane: "It is true that on that you can't have come from very far away..." And he sank into a reverie, which lasted a long time. Then, taking my sheep out of his pocket, he buried himself in the contemplation of his treasure.

You can imagine how my curiosity was aroused by this half-confidence about the "other planets". I made a great effort, therefore, to find out more on this subject.

"My little man, where do you come from? What is this 'where I live,' of which you speak? Where do you want to take your sheep?"

After a reflective silence he answered: "The thing that is so good about the box you have given me is that at night he can use it as his house."

"That is so. And if you are good I will give you a string, too, so that you can tie him during the day, and a post to tie him to."

But the little prince seemed shocked by this offer: "Tie him! What a queer idea!"

"But if you don't tie him," I said, "he will wander off somewhere, and get lost."

My friend broke into another peal of laughter: "But where do you think he would go?" "Anywhere. Straight ahead of him."

Then the little prince said, earnestly: "That doesn't matter. Where I live, everything is so small!" And, with perhaps a hint of sadness, he added: "Straight ahead of him, nobody can go very far..."

Chapter

4

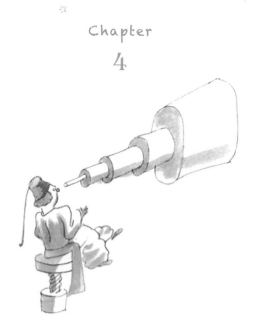

I had thus learned a second fact of great importance: this was that the planet the little prince came from was scarcely any larger than a house! But that did not really surprise me much. I knew very well that in addition to the great planets, such as the Earth, Jupiter, Mars, Venus, to which we have given names, there are also hundreds of others, some of which are so small that one has a hard time seeing them through the telescope.

When an astronomer discovers one of these he does not give it a name, but only a number. He might call it, for example, "Asteroid 325."

I have serious reason to believe that the planet from which the

little prince came is the asteroid known as B-612. This asteroid has only once been seen through the telescope. That was by a Turkish astronomer, in 1909. On making his discovery, the astronomer had presented it to the International Astronomical Congress, in a great demonstration. But he was in Turkish costume, and so nobody would believe what he said. Grown-ups are like that...

Fortunately, however, for the reputation of Asteroid B-612, a Turkish dictator made a law that his subjects, under pain of death, should change to European costume. So in 1920 the astronomer gave his demonstration all over again, dressed with impressive style and elegance. And this time everybody accepted his report.

If I have told you these details about the asteroid, and made a note of its number for you, it is on account of the grown-ups and their ways. When you tell them that you have made a new friend, they never ask you any questions about essential matters. They never say to you, "What does his voice sound like? What games does he love best? Does he collect butterflies?" Instead, they demand: "How old is he? How many brothers has he? How much does he weigh? How much money does his father make?"

Only from these figures do they think they have learned anything about him.

If you were to say to the grown-ups: "I saw a beautiful house made of rosy brick, with geraniums in the windows and doves on the roof," they would not be able to get any idea of that house at all.

You would have to say to them: "I saw a house that cost a hundred thousand francs." Then they would exclaim: "Oh, what a pretty house that is!" Just so, you might say to them: "The proof that the little prince existed is that he was charming, that he laughed, and that he was looking for a sheep. If anybody wants a sheep, that is a proof that he exists." And what good would it do to tell them that? They would shrug their shoulders, and treat you like a child. But if you said to them: "The planet he came from is Asteroid B-612", then they would be convinced, and leave you in peace from their questions. They are like that. One must not hold it against them. Children should always show great forbearance toward grown-up people. But certainly, for us who understand life, figures are a matter of indifference.

I should have liked to begin this story in the fashion of the fairy-tales. I should have like to say: "Once upon a time there was a little prince who lived on a planet that was scarcely any bigger than himself, and who had need of a sheep..."

To those who understand life, that would have given a much greater air of truth to my story. For I do not want any one to read my book carelessly. I have suffered too much grief in setting down these memories. Six years have already passed since my friend went away from me, with his sheep. If I try to describe him here, it is to make sure that I shall not forget him. To forget a friend is sad. Not everyone has had a friend. And if I forget him, I may become like the grown-ups who are no longer interested in anything but figures... It is for that purpose, again, that I have bought a box of paints and some pencils.

It is hard to take up drawing again at my age, when I have never made any pictures except those of the boa constrictor from the outside and the boa constrictor from the inside, since I was six. I shall certainly try to make my portraits as true to life as possible. But I am not at all sure of success. One drawing goes along all right, and another has no resemblance to its subject. I make some errors, too, in the little prince's height: in one place he is too tall and in another too short. And I feel some doubts about the color of his costume. So I fumble along as best I can, now good, now bad, and I hope generally fair-to-middling. In certain more important details I shall make mistakes, also. But that is something that will not be my fault. My friend never explained anything to me. He thought, perhaps, that I was like himself. But I, alas, do not know how to see sheep through the walls of boxes. Perhaps I am a little like the grown-ups. I have had to grow old.

The Little Prince on Asteroid B-612

As each day passed I would learn, in our talk, something about the little prince's planet, his departure from it, his journey. The information would come very slowly, as it might chance to fall from his thoughts. It was in this way that I heard, on the third day, about the catastrophe of the baobabs.

This time, once more, I had the sheep to thank for it. For the little prince asked me abruptly, as if seized by a grave doubt,

"It is true, isn't it, that sheep eat little bushes?"

"Yes, that is true."

"Ah! I am glad!"

I did not understand why it was so important that sheep should eat little bushes. But the little prince added: "Then it follows that they also eat baobabs?"

I pointed out to the little prince that baobabs were not little bushes, but, on the contrary, trees as big as castles; and that even if he took a whole herd of elephants away with him, the herd would not eat up one single baobab.

The idea of the herd of

elephants made the little prince laugh. "We would have to put them one on top of the other," he said. But he made a wise comment:

"Before they grow so big, the baobabs start out by being little."

"That is strictly correct," I said. "But why do you want the sheep to eat the little baobabs?"

He answered me at once, "Oh, come, come!", as if he were speaking of something that was self-evident. And I was obliged to make a great mental effort to solve this problem, without any assistance.

Indeed, as I learned, there were on the planet where the little prince lived, as on all planets, good plants and bad plants. In consequence, there were good seeds from good plants, and bad seeds from bad plants. But seeds are invisible. They sleep deep in the heart of the earth's darkness, until some one among them is seized with the desire to awaken. Then this little seed will stretch itself and begin, timidly at first, to push a charming little sprig inoffensively upward toward the sun. If it is only a sprout of radish or the sprig of a rose-bush, one would let it grow wherever it might wish. But when it is a bad plant, one must destroy it as soon as possible, the very first instant that one recognizes it.

Now there were some terrible seeds on the planet that was the home of the little prince; and these were the seeds of the baobab. The soil of that planet was infested with them. A baobab is something you will never, never be able to get rid of if you attend to it too late. It spreads over the entire planet. It bores clear through it with its roots. And if the planet is too small, and the baobabs are too many, they split it in pieces...

"It is a question of discipline," the little prince said to me later on.

"When you've finished your own toilet in the morning, then it is time to attend to the toilet of your planet, just so, with the greatest care. You must see to it that you pull up regularly all the baobabs, at the very first moment when they can be distinguished from the rosebushes which they resemble so closely in their earliest youth. It is very tedious work," the little prince added, "but very easy." And one day he said to me: "You ought to make a beautiful drawing, so that the children where you live can see exactly how all this is. That would be very useful to them if they were to travel some day.

"Sometimes," he added, "there is no harm in putting off a piece of work until another day. But when it is a matter of baobabs, that always means a catastrophe. I knew a planet that was inhabited by a lazy man. He neglected three little bushes..."

So, as the little prince described it to me, I have made a drawing of that planet. I do not much like to take the tone of a moralist. But the danger of the baobabs is so little understood, and such considerable risks would be run by anyone who might get lost on an asteroid, that for once I am breaking through my reserve. "Children," I say plainly, "watch out for the baobabs!" My friends, like myself, have been skirting this danger for a long time, without ever knowing it; and so it is for them that I have worked so hard over this drawing.

The lesson which I pass on by this means is worth all the trouble it has cost me. Perhaps you will ask me, "Why are there no other drawing in this book as magnificent and impressive as this drawing of the baobabs?" The reply is simple. I have tried. But with the others I have not been successful. When I made the drawing of the baobabs I was carried beyond myself by the inspiring force of urgent necessity.

The Baobabs

O h, little prince! Bit by bit I came to understand the secrets of
your sad little life... For a long time you had found your only
entertainment in the quiet pleasure of looking at the sunset.

I learned that new detail on the morning of the fourth day, when
you said to me:

"I am very fond of sunsets. Come, let us go look at a sunset
now."

"But we must wait." I said.

"Wait? For what?"

"For the sunset. We must wait until it is time."

At first you seemed to be very much surprised. And then you
laughed to yourself. You said to me: "I am always thinking that I
am at home!"

Just so. Everybody knows that when it is noon in the United
States the sun is setting over France. If you could fly to France
in one minute, you could go straight into the sunset, right from
noon. Unfortunately, France is too far away for that. But on your
tiny planet, my little prince, all you needed to do is move your
chair a few steps. You can see the day end and the twilight falling
whenever you like...

"One day," you said to me, "I saw the sunset forty-four times!"

And a little later you added:

"You know, one loves the sunset, when one is so sad..."

"Were you so sad, then?" I asked,

"on the day of the forty-four sunsets?"

But the little prince made no reply.

Chapter

7

On the fifth day—again, as always, it was thanks to the sheep—the secret of the little prince's life was revealed to me. Abruptly, without anything to lead up to it, and as if the question had been born of long and silent meditation on his problem, he demanded:

"A sheep— if it eats little bushes, does it eat flowers, too?"

"A sheep," I answered, "eats anything it finds in its reach."

"Even flowers that have thorns?"

"Yes, even flowers that have thorns."

"Then the thorns— what use are they?"

I did not know. At that moment I was very busy trying to unscrew a bolt that had got stuck in my engine. I was very much worried, for it was becoming clear to me that the breakdown of my plane was extremely serious. And I had so little drinking-water left that I had to fear for the worst.

"The thorns— what use are they?"

The little prince never let go of a question, once he had asked it. As for me, I was upset over that bolt. And I answered with the first thing that came into my head:

"The thorns are of no use at all. Flowers have thorns just for spite!"

"Oh!"

There was a moment of complete silence. Then the little prince flashed back at me, with a kind of resentfulness:

"I don't believe you! Flowers are weak creatures. They are naïve. They reassure themselves as best they can. They believe that their thorns are terrible weapons..."

I did not answer. At that instant I was saying to myself: "If this bolt still won't turn, I am going to knock it out with the hammer." Again the little prince disturbed my thoughts.

"And you actually believe that the flowers—"

"Oh, no!" I cried. "No, no no! I don't believe anything. I answered you with the first thing that came into my head. Don't you see— I am very busy with matters of consequence!"

He stared at me, thunderstruck.

"Matters of consequence!"

He looked at me there, with my hammer in my hand, my fingers black with engine-grease, bending down over an object which seemed to him extremely ugly...

"You talk just like the grown-ups!"

That made me a little ashamed. But he went on, relentlessly:

"You mix everything up together... You confuse everything..."

He was really very angry. He tossed his golden curls in the breeze.

"I know a planet where there is a certain red-faced gentleman. He has never smelled a flower. He has never looked at a star. He has never loved any one. He has never done anything in his life but add up figures. And all day he says over and over, just like you: 'I am busy with matters of consequence!' And that makes him swell up with pride. But he is not a man— he is a mushroom!"

"A what?"

"A mushroom!"

The little prince was now white with rage.

"The flowers have been growing thorns for millions of years. For millions of years the sheep have been eating them just the same. And is it not a matter of consequence to try to understand why the flowers go to so much trouble to grow thorns which are never of any use to them? Is the warfare between the sheep and the flowers not important? Is this not of more consequence than a fat red-faced gentleman's sums? And if I know— I, myself— one flower which is unique in the world, which grows nowhere but on my planet, but which one little sheep can destroy in a single bite some morning, without even noticing what he is doing— Oh! You think that is not important!"

His face turned from white to red as he continued:

"If some one loves a flower, of which just one single blossom grows in all the millions and millions of stars, it is enough to make him happy just to look at the stars. He can say to himself, 'Somewhere, my flower is there...' But if the sheep eats the flower, in one moment all his stars will be darkened... And you think that is not important!"

He could not say anything more. His words were choked by sobbing...

The night had fallen. I had let my tools drop from my hands. Of what moment now was my hammer, my bolt, or thirst, or death? On one star, one planet, my planet, the Earth, there was a little prince to be comforted. I took him in my arms, and rocked him. I said to him:

"The flower that you love is not in danger. I will draw you a muzzle for your sheep. I will draw you a railing to put around your flower. I will—"

I did not know what to say to him. I felt awkward and blundering. I did not know how I could reach him, where I could overtake him and go on hand in hand with him once more.

It is such a secret place, the land of tears.

Chapter
8

I soon learned to know this flower better. On the little prince's planet the flowers had always been very simple. They had only one ring of petals; they took up no room at all; they were a trouble to nobody. One morning they would appear in the grass, and by night they would have faded peacefully away. But one day, from a seed blown from no one knew where, a new flower had come up; and the little prince had watched very closely over this small sprout which was not like any other small sprouts on his planet.

It might, you see, have been a new kind of baobab. The shrub soon stopped growing, and began to get ready to produce a flower. The little prince, who was present at the first appearance of a huge bud, felt at once that some sort of miraculous apparition must emerge from it. But the flower was not satisfied to complete the preparations for her beauty in the shelter of her green chamber. She chose her colours with the greatest care. She adjusted her petals one by one. She did not wish to go out into the world all rumpled, like the field poppies. It was only in the full radiance of her beauty that she wished to appear. Oh, yes! She was a coquettish creature! And her mysterious adornment lasted for days and days. Then one morning, exactly at sunrise, she suddenly showed herself. And, after working with all this painstaking precision, she yawned and said: "Ah! I am scarcely awake. I beg that you will excuse me. My petals are still all disarranged..." But the little prince could not restrain his admiration:

"Oh! How beautiful you are!"

"Am I not?" the flower responded, sweetly.

"And I was born at the same moment as the sun..."

The little prince could guess easily enough that she was not any too modest, but how moving, and exciting she was!

"I think it is time for breakfast," she added an instant later. "If you would have the kindness to think of my needs." And the little prince, completely abashed, went to look for a sprinkling can of fresh water.

So, he tended the flower. So, too, she began very quickly to torment him with her vanity, which was, if the truth be known, a little difficult to deal with.

One day, for instance, when she was speaking of her four thorns, she said to the little prince: "Let the tigers come with their claws!"

"There are no tigers on my planet," the little prince objected. "And, anyway, tigers do not eat weeds."

"I am not a weed," the flower replied, sweetly. "Please excuse me..." "I am not at all afraid of tigers," she went on, "but I have a horror of drafts. I suppose you wouldn't have a screen for me?"

"A horror of drafts, that is bad luck, for a plant," remarked the little prince, and added to himself, "This flower is a very complex creature..."

"At night I want you to put me under a glass globe. It is very cold where you live. In the place I came from..." But she interrupted herself at that point. She had come in the form of a seed. She could not have known anything of any other worlds.

Embarrassed over having let herself be caught on the verge of such an untruth, she coughed two or three times, in order to put the little prince in the wrong.

"The screen?"

"I was just going to look for it when you spoke to me..."

Then she forced her cough a little more so that he should suffer from remorse just the same. So the little prince, in spite of all the good will that was inseparable from his love, had soon come to doubt her. He had taken seriously words which were without importance, and it made him very unhappy.

"I ought not to have listened to her," he confided to me one day.

"One never ought to listen to the flowers. One should simply look at them and breathe their fragrance. Mine perfumed all my planet. But I did not know how to take pleasure in all her grace. This tale of claws, which disturbed me so much, should only have filled my heart with tenderness and pity."

And he continued his confidences: "The fact is that I did not know how to understand anything! I ought to have judged by deeds and not by words. She cast her fragrance and her radiance over me. I ought never to have run away from her... I ought to have guessed all the affection that lay behind her poor little stratagems. Flowers are so inconsistent! But I was too young to know how to love her..."

I believe that for his escape he took advantage of the migration of a flock of wild birds. On the morning of his departure he put his planet in perfect order. He carefully cleaned out his active volcanoes. He possessed two active volcanoes; and they were very convenient for heating his breakfast in the morning.

He also had one volcano that was extinct. But, as he said, "One never knows!" So he cleaned out the extinct volcano, too. If they are well cleaned out, volcanoes burn slowly and steadily, without any eruptions. Volcanic eruptions are like fires in a chimney.

On our earth we are obviously much too small to clean out our volcanoes. That is why they bring no end of trouble upon us. The

little prince also pulled up, with a certain sense of dejection, the last little shoots of the baobabs. He believed that he would never want to return. But on this last morning all these familiar tasks seemed very precious to him. And when he watered the flower for the last time, and prepared to place her under the shelter of her glass globe, he realised that he was very close to tears. "Goodbye," he said to the flower. But she made no answer. "Goodbye," he said again. The flower coughed.

But it was not because she had a cold.

"I have been silly," she said to him, at last. "I ask your forgiveness. Try to be happy..." He was surprised by this absence of reproaches. He stood there all bewildered, the glass globe held arrested in mid-air. He did not understand this quiet sweetness.

"Of course I love you," the flower said to him. "It is my fault that you have not known it all the while. That is of no importance. But you, you have been just as foolish as I. Try to be happy... let the glass globe be. I don't want it any more."

"But the wind..." "My cold is not so bad as all that... the cool night air will do me good. I am a flower."

"But the animals..." "Well, I must endure the presence of two or three caterpillars if I wish to become acquainted with the butterflies. It seems that they are very beautiful. And if not the butterflies and the caterpillars who will call upon me? You will be far away... as for the large animals, I am not at all afraid of any of them. I have my claws."

And, naively, she showed her four thorns.

Then she added: "Don't linger like this. You have decided to go away. Now go!"

For she did not want him to see her crying. She was such a proud flower...

He carefully cleaned out his active volcanoes.

Chapter

10

H e found himself in the neighborhood of the asteroids 325, 326, 327, 328, 329, and 330. He began, therefore, by visiting them, in order to add to his knowledge.

The first of them was inhabited by a king. Clad in royal purple and ermine, he was seated upon a throne which was at the same time both simple and majestic.

"Ah! Here is a subject," exclaimed the king, when he saw the little prince coming.

And the little prince asked himself:

"How could he recognize me when he had never seen me before?"

He did not know how the world is simplified for kings. To them, all men are subjects.

"Approach, so that I may see you better," said the king, who felt consumingly proud of being at last a king over somebody.

The little prince looked everywhere to find a place to sit down; but the entire planet was crammed and obstructed by the king's magnificent ermine robe. So he remained standing upright, and, since he was tired, he yawned.

"It is contrary to etiquette to yawn in the presence of a king," the monarch said to him. "I forbid you to do so."

"I can't help it. I can't stop myself," replied the little prince, thoroughly embarrassed. "I have come on a long journey, and I have had no sleep..."

"Ah, then," the king said. "I order you to yawn. It is years since I have seen anyone yawning. Yawns, to me, are objects of curiosity. Come, now! Yawn again! It is an order."

"That frightens me... I cannot, any more..." murmured the little prince, now completely abashed.

"Hum! Hum!" replied the king. "Then I— I order you sometimes to yawn and sometimes to—"

He sputtered a little, and seemed vexed.

For what the king fundamentally insisted upon was that his authority should be respected. He tolerated no disobedience. He was an absolute monarch. But, because he was a very good man, he made his orders reasonable.

"If I ordered a general," he would say, by way of example, "if I ordered a general to change himself into a sea bird, and if the general did not obey me, that would not be the fault of the general. It would be my fault."

"May I sit down?" came now a timid inquiry from the little prince.

"I order you to do so," the king answered him, and majestically gathered in a fold of his ermine mantle.

But the little prince was wondering... The planet was tiny. Over what could this king really rule?

"Sire," he said to him, "I beg that you will excuse my asking you a question—"

"I order you to ask me a question," the king hastened to assure him.

"Sire— over what do you rule?"

"Over everything," said the king, with magnificent simplicity.

"Over everything?"

The king made a gesture, which took in his planet, the other planets, and all the stars.

"Over all that?" asked the little prince.

"Over all that," the king answered.

For his rule was not only absolute: it was also universal.

"And the stars obey you?"

"Certainly they do," the king said. "They obey instantly. I do not permit insubordination."

Such power was a thing for the little prince to marvel at. If he had been master of such complete authority, he would have been able to watch the sunset, not forty-four times in one day, but seventy-two, or even a hundred, or even two hundred times, without ever having to move his chair. And because he felt a bit sad as he remembered his little planet which he had forsaken, he plucked up his courage to ask the king a favor:

"I should like to see a sunset... do me that kindness... Order the sun to set..."

"If I ordered a general to fly from one flower to another like a butterfly, or to write a tragic drama, or to change himself into a sea bird, and if the general did not carry out the order that he had received, which one of us would be in the wrong?" the king demanded. "The general, or myself?"

"You," said the little prince firmly.

"Exactly. One must require from each one the duty which each one can perform," the king went on. "Accepted authority rests first of all on reason. If you ordered your people to go and throw themselves into the sea, they would rise up in revolution. I have the right to require obedience because my orders are reasonable."

"Then my sunset?" the little prince reminded him: for he never forgot a question once he had asked it.

"You shall have your sunset. I shall command it. But, according to my science of government, I shall wait until conditions are favorable."

"When will that be?" inquired the little prince.

"Hum! Hum!" replied the king; and before saying anything else he consulted a bulky almanac. "Hum! Hum! That will be about— about— that will be this evening about twenty minutes to eight. And you will see how well I am obeyed."

The little prince yawned. He was regretting his lost sunset. And then, too, he was already beginning to be a little bored.

"I have nothing more to do here," he said to the king. "So I shall set out on my way again."

"Do not go," said the king, who was very proud of having a subject. "Do not go. I will make you a Minister!"

"Minister of what?"

"Minster of— of Justice!"

"But there is nobody here to judge!"

"We do not know that," the king said to him. "I have not yet made a complete tour of my kingdom. I am very old. There is no room here for a carriage. And it tires me to walk."

"Oh, but I have looked already!" said the little prince, turning around to give one more glance to the other side of the planet. On that side, as on this, there was nobody at all...

"Then you shall judge yourself," the king answered. "that is the most difficult thing of all. It is much more difficult to judge oneself than to judge others. If you succeed in judging yourself rightly, then you are indeed a man of true wisdom."

"Yes," said the little prince, "but I can judge myself anywhere. I do not need to live on this planet.

"Hum! Hum!" said the king. "I have good reason to believe that somewhere on my planet there is an old rat. I hear him at night. You can judge this old rat. From time to time you will condemn him to death. Thus his life will depend on your justice. But you will pardon him on each occasion; for he must be treated thriftily. He is the only one we have."

"I," replied the little prince, "do not like to condemn anyone to death. And now I think I will go on my way."

"No," said the king.

But the little prince, having now completed his preparations for departure, had no wish to grieve the old monarch.

"If Your Majesty wishes to be promptly obeyed," he said, "he should be able to give me a reasonable order. He should be able, for example, to order me to be gone by the end of one minute. It seems to me that conditions are favorable..."

As the king made no answer, the little prince hesitated a moment. Then, with a sigh, he took his leave.

"I made you my Ambassador," the king called out, hastily.

He had a magnificent air of authority.

"The grown-ups are very strange," the little prince said to himself, as he continued on his journey.

Chapter

11

The second planet was inhabited by a conceited man.

"Ah! Ah! I am about to receive a visit from an admirer!" he exclaimed from afar, when he first saw the little prince coming.

For, to conceited men, all other men are admirers.

"Good morning," said the little prince. "That is a queer hat you are wearing."

"It is a hat for salutes," the conceited man replied. "It is to raise in salute when people acclaim me. Unfortunately, nobody at all ever passes this way."

"Yes?" said the little prince, who did not understand what the conceited man was talking about.

"Clap your hands, one against the other," the conceited man now directed him.

The little prince clapped his hands. The conceited man raised his hat in a modest salute.

"This is more entertaining than the visit to the king," the little prince said to himself. And he began again to clap his hands, one against the other. The conceited man again raised his hat in salute.

After five minutes of this exercise the little prince grew tired of the game's monotony.

"And what should one do to make the hat come down?" he asked.

But the conceited man did not hear him. Conceited people never hear anything but praise.

"Do you really admire me very much?" he demanded of the little prince.

"What does that mean— 'admire'?"

153

"To admire means that you regard me as the handsomest, the best-dressed, the richest, and the most intelligent man on this planet."

"But you are the only man on your planet!"

"Do me this kindness. Admire me just the same."

"I admire you," said the little prince, shrugging his shoulders slightly, "but what is there in that to interest you so much?"

And the little prince went away.

"The grown-ups are certainly very odd," he said to himself, as he continued on his journey.

The next planet was inhabited by a tippler. This was a very short visit, but it plunged the little prince into deep dejection.

"What are you doing there?" he said to the tippler, whom he found settled down in silence before a collection of empty bottles and also a collection of full bottles.

"I am drinking," replied the tippler, with a lugubrious air.

"Why are you drinking?" demanded the little prince.

"So that I may forget," replied the tippler.

"Forget what?" inquired the little prince, who already was sorry for him. "

"Forgt that I am ashamed," the tippler confessed, hanging his head.

"Ashamed of what?" insisted the little prince, who wanted to help him.

"Ashamed of drinking!" The tippler brought his speech to an end, and shut himself up in an impregnable silence.

And the little prince went away, puzzled.

"The grown-ups are certainly very, very odd," he said to himself, as he continued on his journey.

The fourth planet belonged to a businessman. This man was so much occupied that he did not even raise his head at the little prince's arrival.

"Good morning," the little prince said to him. "Your cigarette has gone out."

"Three and two make five. Five and seven make twelve. Twelve and three make fifteen. Good morning. Fifteen and seven make twenty-two. Twenty-two and six make twenty-eight. I haven't time to light it again. Twenty-six and five make thirty-one. Phew! That makes five-hundred-and-one-million, six-hundred-twenty-two-thousand, seven-hundred-thirty-one."

"Five hundred million what?" asked the little prince.

"Eh? Are you still there? Five-hundred-and-one million— I can't stop... I have so much to do! I am concerned with matters of consequence. I don't amuse myself with balderdash. Two and five make seven..."

"Five-hundred-and-one million what?" repeated the little prince, who never in his life had let go of a question once he had asked it.

The businessman raised his head.

"During the fifty-four years that I have inhabited this planet, I have been disturbed only three times. The first time was twenty-two years ago, when a beetle fell from goodness knows where. He made the most frightful noise that resounded all over the place, and I made four mistakes in my addition. The second time, eleven years ago, I was disturbed by an attack of rheumatism. I don't get enough exercise. I have no time for loafing. The third time— well, this is it! I was saying, then, five -hundred-and-one millions—"

"Millions of what?"

The businessman suddenly realized that there was no hope of being left in peace until he answered this question.

"Millions of those little objects," he said, "which one sometimes sees in the sky."

"Flies?"

"Oh, no. Little glittering objects."

"Bees?"

"Oh, no. Little golden objects that set lazy men to idle dreaming. As for me, I am concerned with matters of consequence. There is no time for idle dreaming in my life."

"Ah! You mean the stars?"

"Yes, that's it. The stars."

"And what do you do with five-hundred millions of stars?"

"Five-hundred-and-one million, six-hundred-twenty-two thousand, seven-hundred-thirty-one. I am concerned with matters of consequence: I am accurate."

"And what do you do with these stars?"

"What do I do with them?"

"Yes."

"Nothing. I own them."

"You own the stars?"

"Yes."

"But I have already seen a king who—"

"Kings do not own, they reign over. It is a very different matter."

"And what good does it do you to own the stars?"

"It does me the good of making me rich."

"And what good does it do you to be rich?"

"It makes it possible for me to buy more stars, if any are ever discovered."

"This man," the little prince said to himself, "reasons a little like my poor tippler..."

Nevertheless, he still had some more questions.

"How is it possible for one to own the stars?"

"To whom do they belong?" the businessman retorted, peevishly.

"I don't know. To nobody."

"Then they belong to me, because I was the first person to think of it."

"Is that all that is necessary?"

"Certainly. When you find a diamond that belongs to nobody, it is yours. When you discover an island that belongs to nobody, it is yours. When you get an idea before any one else, you take out a patent on it: it is yours. So with me: I own the stars, because nobody else before me ever thought of owning them."

"Yes, that is true," said the little prince. "And what do you do with them?"

"I administer them," replied the businessman. "I count them and recount them. It is difficult. But I am a man who is naturally interested in matters of consequence."

The little prince was still not satisfied.

"If I owned a silk scarf," he said, "I could put it around my neck and take it away with me. If I owned a flower, I could pluck that flower and take it away with me. But you cannot pluck the stars from heaven..."

"No. But I can put them in the bank."

"Whatever does that mean?"

"That means that I write the number of my stars on a little paper. And then I put this paper in a drawer and lock it with a key."

"And that is all?"

"That is enough," said the businessman.

"It is entertaining," thought the little prince. "It is rather poetic. But it is of no great consequence."

On matters of consequence, the little prince had ideas which were very different from those of the grown-ups.

"I myself own a flower," he continued his conversation with the businessman, "which I water every day. I own three volcanoes, which I clean out every week (for I also clean out the one that is extinct; one never knows). It is of some use to my volcanoes, and it is of some use to my flower, that I own them. But you are of no use to the stars..."

The businessman opened his mouth, but he found nothing to say in answer. And the little prince went away.

"The grown-ups are certainly altogether extraordinary," he said simply, talking to himself as he continued on his journey.

The fifth planet was very strange. It was the smallest of all. There was just enough room on it for a street lamp and a lamplighter. The little prince was not able to reach any explanation of the use of a street lamp and a lamplighter, somewhere in the heavens, on a planet which had no people, and not one house. But he said to himself, nevertheless:

"It may well be that this man is absurd. But he is not so absurd as the king, the conceited man, the businessman, and the tippler. For at least his work has some meaning. When he lights his street lamp, it is as if he brought one more star to life, or one flower. When he puts out his lamp, he sends the flower, or the star, to sleep. That is a beautiful occupation. And since it is beautiful, it is truly useful."

When he arrived on the planet he respectfully saluted the lamplighter.

"Good morning. Why have you just put out your lamp?"

"Those are the orders," replied the lamplighter. "Good morning."

"What are the orders?"

"The orders are that I put out my lamp. Good evening."

And he lighted his lamp again.

"But why have you just lighted it again?"

"Those are the orders," replied the lamplighter.

"I do not understand," said the little prince.

"There is nothing to understand," said the lamplighter. "Orders are orders. Good morning."

And he put out his lamp.

Then he mopped his forehead with a handkerchief decorated with red squares.

"I follow a terrible profession. In the old days it was reasonable. I put the lamp out in the morning, and in the evening I lighted it again. I had the rest of the day for relaxation and the rest of the night for sleep."

"And the orders have been changed since that time?"

"The orders have not been changed," said the lamplighter. "That is the tragedy! From year to year the planet has turned more rapidly and the orders have not been changed!"

"Then what?" asked the little prince.

"Then— the planet now makes a complete turn every minute, and I no longer have a single second for repose. Once every minute I have to light my lamp and put it out!"

"That is very funny! A day lasts only one minute, here where you live!"

"It is not funny at all!" said the lamplighter. "While we have been talking together a month has gone by."

"A month?"

"Yes, a month. Thirty minutes. Thirty days. Good evening."

And he lighted his lamp again.

As the little prince watched him, he felt that he loved this lamplighter who was so faithful to his orders. He remembered the sunsets which he himself had gone to seek, in other days, merely by pulling up his chair; and he wanted to help his friend.

"You know," he said, "I can tell you a way you can rest whenever you want to..."

"I always want to rest," said the lamplighter.

For it is possible for a man to be faithful and lazy at the same time.

The little prince went on with his explanation:

"Your planet is so small that three strides will take you all the way around it. To be always in the sunshine, you need only walk along rather slowly. When you want to rest, you will walk— and the day will last as long as you like."

"That doesn't do me much good," said the lamplighter. "The one thing I love in life is to sleep."

"Then you're unlucky," said the little prince.

"I am unlucky," said the lamplighter. "Good morning."

And he put out his lamp.

"That man," said the little prince to himself, as he continued farther on his journey, "that man would be scorned by all the others: by the king, by the conceited man, by the tippler, by the businessman. Nevertheless he is the only one of them all who does not seem to me ridiculous. Perhaps that is because he is thinking of something else besides himself."

He breathed a sigh of regret, and said to himself, again:

"That man is the only one of them all whom I could have made my friend. But his planet is indeed too small. There is no room on it for two people..."

What the little prince did not dare confess was that he was sorry most of all to leave this planet, because it was blest every day with 1440 sunsets!

I follow a terrible profession.

Chapter

15

The sixth planet was ten times larger than the last one. It was inhabited by an old gentleman who wrote voluminous books.

"Oh, look! Here is an explorer!" he exclaimed to himself when he saw the little prince coming.

The little prince sat down on the table and panted a little. He had already traveled so much and so far!

"Where do you come from?" the old gentleman said to him.

"What is that big book?" said the little prince. "What are you doing?"

"I am a geographer," the old gentleman said to him.

"What is a geographer?" asked the little prince.

"A geographer is a scholar who knows the location of all the seas, rivers, towns, mountains, and deserts."

"That is very interesting," said the little prince. "Here at last is a man who has a real profession!" And he cast a look around him at the planet of the geographer. It was the most magnificent and stately planet that he had ever seen.

"Your planet is very beautiful," he said. "Has it any oceans?"

"I couldn't tell you," said the geographer.

"Ah!" The little prince was disappointed. "Has it any mountains?"

"I couldn't tell you," said the geographer.

"And towns, and rivers, and deserts?"

"I couldn't tell you that, either."

"But you are a geographer!"

"Exactly," the geographer said. "But I am not an explorer. I haven't a single explorer on my planet. It is not the geographer who goes out to count the towns, the rivers, the mountains, the seas, the oceans, and the deserts. The geographer is much too important to go loafing about. He does not leave his desk. But he receives the explorers in his study. He asks them questions, and he notes down what they recall of their travels. And if the recollections of any one among them seem interesting to him, the geographer orders an inquiry into that explorer's moral character."

"Why is that?"

"Because an explorer who told lies would bring disaster on the books of the geographer. So would an explorer who drank too much."

"Why is that?" asked the little prince.

"Because intoxicated men see double. Then the geographer would note down two mountains in a place where there was only one."

"I know some one," said the little prince, "who would make a bad explorer."

"That is possible. Then, when the moral character of the explorer is shown to be good, an inquiry is ordered into his discovery."

"One goes to see it?"

"No. That would be too complicated. But one requires the explorer to furnish proof. For example, if the discovery in question is that of a large mountain, one requires that large stones be brought back from it."

The geographer was suddenly stirred to excitement.

"But you— you come from far away! You are an explorer! You shall describe your planet to me!"

And, having opened his big register, the geographer sharpened his pencil. The recitals of explorers are put down first in pencil. One waits until the explorer has furnished proof, before putting them down in ink.

"Well?" said the geographer expectantly.

"Oh, where I live," said the little prince, "it is not very interesting. It is all so small. I have three volcanoes. Two volcanoes are active and the other is extinct. But one never knows."

"One never knows," said the geographer.

"I have also a flower."

"We do not record flowers," said the geographer.

"Why is that? The flower is the most beautiful thing on my planet!"

"We do not record them," said the geographer, "because they are ephemeral."

"What does that mean— 'ephemeral'?"

"Geographies," said the geographer, "are the books which, of all books, are most concerned with matters of consequence. They never become old-fashioned. It is very rarely that a mountain changes its position. It is very rarely that an ocean empties itself of its waters. We write of eternal things."

"But extinct volcanoes may come to life again," the little prince interrupted. "What does that mean— 'ephemeral'?"

"Whether volcanoes are extinct or alive, it comes to the same thing for us," said the geographer. "The thing that matters to us is the mountain. It does not change."

"But what does that mean— 'ephemeral'?" repeated the little prince, who never in his life had let go of a question, once he had asked it.

"It means, 'which is in danger of speedy disappearance.'"

"Is my flower in danger of speedy disappearance?"

"Certainly it is."

"My flower is ephemeral," the little prince said to himself, "and she has only four thorns to defend herself against the world. And I have left her on my planet, all alone!"

That was his first moment of regret. But he took courage once more.

"What place would you advise me to visit now?" he asked.

"The planet Earth," replied the geographer. "It has a good reputation."

And the little prince went away, thinking of his flower.

S o then the seventh planet was the Earth.

The Earth is not just an ordinary planet! One can count, there 111 kings (not forgetting, to be sure, the Negro kings among them), 7,000 geographers, 900,000 businessmen, 7,500,000 tipplers, 311,000,000 conceited men— that is to say, about 2,000,000,000 grown-ups.

To give you an idea of the size of the Earth, I will tell you that before the invention of electricity it was necessary to maintain, over the whole of the six continents, a veritable army of 462,511 lamplighters for the street lamps.

Seen from a slight distance, that would make a splendid spectacle. The movements of this army would be regulated like those of the ballet in the opera. First would come the turn of the lamplighters of New Zealand and Australia. Having set their lamps alight, these would go off to sleep. Next, the lamplighters of China and Siberia would enter for their steps in the dance, and then they too would be waved back into the wings. After that would come the turn of the lamplighters of Russia and the Indies; then those of Africa and Europe, then those of South America; then those of North America. And never would they make a mistake in the order of their entry upon the stage. It would be magnificent.

Only the man who was in charge of the single lamp at the North Pole, and his colleague who was responsible for the single lamp at the South Pole— only these two would live free from toil and care: they would be busy twice a year.

17

When one wishes to play the wit, he sometimes wanders a little from the truth. I have not been altogether honest in what I have told you about the lamplighters. And I realize that I run the risk of giving a false idea of our planet to those who do not know it. Men occupy a very small place upon the Earth. If the two billion inhabitants who people its surface were all to stand upright and somewhat crowded together, as they do for some big public assembly, they could easily be put into one public square twenty miles long and twenty miles wide. All humanity could be piled up on a small Pacific islet.

The grown-ups, to be sure, will not believe you when you tell them that. They imagine that they fill a great deal of space. They fancy themselves as important as the baobabs. You should advise them, then, to make their own calculations. They adore figures, and that will please them. But do not waste your time on this extra task. It is unnecessary. You have, I know, confidence in me.

When the little prince arrived on the Earth, he was very much surprised not to see any people. He was beginning to be afraid he had come to the wrong planet, when a coil of gold, the color of the moonlight, flashed across the sand.

"Good evening," said the little prince courteously.

"Good evening," said the snake.

"What planet is this on which I have come down?" asked the little prince.

"This is the Earth; this is Africa." the snake answered.

"Ah! Then there are no people on the Earth?"

"This is the desert. There are no people in the desert. The Earth is large." said the snake.

The little prince sat down on a stone, and raised his eyes toward the sky.

"I wonder," he said, "whether the stars are set alight in heaven so that one day each one of us may find his own again... Look at my planet. It is right there above us. But how far away it is!"

"It is beautiful," the snake said. "What has brought you here?"

"I have been having some trouble with a flower," said the little prince.

"Ah!" said the snake.

And they were both silent.

"Where are the men?" the little prince at last took up the conversation again. "It is a little lonely in the desert..."

"It is also lonely among men," the snake said.

The little prince gazed at him for a long time.

"You are a funny animal," he said at last. "You are no thicker than a finger..."

175

He was very much surprised not to see any people.

"But I am more powerful than the finger of a king," said the snake.

The little prince smiled.

"You are not very powerful. You haven't even any feet. You cannot even travel..."

"I can carry you farther than any ship could take you," said the snake.

He twined himself around the little prince's ankle, like a golden bracelet.

"Whomever I touch, I send back to the earth from whence he came," the snake spoke again. "But you are innocent and true, and you come from a star..."

The little prince made no reply.

"You move me to pity— you are so weak on this Earth made of granite," the snake said. "I can help you, some day, if you grow too homesick for your own planet. I can—"

"Oh! I understand you very well," said the little prince. "But why do you always speak in riddles?"

"I solve them all," said the snake.

And they were both silent.

You are a funny animal...
You are no thicker than a finger.

Chapter
18

The little prince crossed the desert and met with only one flower. It was a flower with three petals, a flower of no account at all.

"Good morning," said the little prince.

"Good morning," said the flower.

"Where are the men?" the little prince asked, politely.

The flower had once seen a caravan passing.

"Men?" she echoed. "I think there are six or seven of them in existence. I saw them, several years ago. But one never knows where to find them. The wind blows them away. They have no roots, and that makes their life very difficult."

"Goodbye," said the little prince.

"Goodbye," said the flower.

A fter that, the little prince climbed a high mountain. The only
mountains he had ever known were the three volcanoes,
which came up to his knees. And he used the extinct volcano as
a footstool. "From a mountain as high as this one," he said to
himself, "I shall be able to see the whole planet at one glance, and
all the people..."

But he saw nothing, save peaks of rock that were sharpened like
needles.

"Good morning," he said courteously.

"Good morning—Good morning—Good morning," answered
the echo.

"Who are you?" said the little prince.

"Who are you—Who are you—Who are you?" answered the
echo.

"Be my friends. I am all alone," he said.

"I am all alone—all alone—all alone," answered the echo.

"What a queer planet!" he thought. "It is altogether dry, and
altogether pointed, and altogether harsh and forbidding. And the
people have no imagination. They repeat whatever one says to
them... On my planet I had a flower; she always was the first to
speak..."

What a queer planet! It is altogether dry, and altogether pointed.

But it happened that after walking for a long time through sand, rocks, and snow, the little prince at last came upon a road. And all roads lead to the abodes of men.

"Good morning," he said.

He was standing before a garden, all a bloom with roses.

"Good morning," said the roses.

The little prince gazed at them. They all looked like his flower.

"Who are you?" he demanded, thunderstruck.

"We are roses," the roses said.

And he was overcome with sadness. His flower had told him that she was the only one of her kind in all the universe. And here were five thousand of them, all alike, in one single garden!

"She would be very much annoyed," he said to himself, "if she should see that... she would cough most dreadfully, and she would pretend that she was dying, to avoid being laughed at. And I should be obliged to pretend that I was nursing her back to life— for if I did not do that, to humble myself also, she would really allow herself to die..."

Then he went on with his reflections: "I thought that I was rich, with a flower that was unique in all the world; and all I had was a common rose. A common rose, and three volcanoes that come up to my knees— and one of them perhaps extinct forever... that doesn't make me a very great prince..."

And he lay down in the grass and cried.

It was then that the fox appeared.

"Good morning," said the fox.

"Good morning," the little prince responded politely, although when he turned around he saw nothing.

"I am right here," the voice said, "under the apple tree."

"Who are you?" asked the little prince, and added, "You are very pretty to look at."

"I am a fox," said the fox.

184

"Come and play with me," proposed the little prince. "I am so unhappy."

"I cannot play with you," the fox said. "I am not tamed."

"Ah! Please excuse me," said the little prince.

But, after some thought, he added:

"What does that mean— 'tame'?"

"You do not live here," said the fox. "What is it that you are looking for?"

"I am looking for men," said the little prince. "What does that mean— 'tame'?"

"Men," said the fox. "They have guns, and they hunt. It is very disturbing. They also raise chickens. These are their only interests. Are you looking for chickens?"

"No," said the little prince. "I am looking for friends. What does that mean— 'tame'?"

"It is an act too often neglected," said the fox. "It means to establish ties."

"'To establish ties'?"

"Just that," said the fox. "To me, you are still nothing more than a little boy who is just like a hundred thousand other little boys. And I have no need of you. And you, on your part, have no need of me. To you, I am nothing more than a fox like a hundred thousand other foxes. But if you tame me, then we shall need each other. To me, you will be unique in all the world. To you, I shall be unique in all the world..."

"I am beginning to understand," said the little prince. "There is a flower... I think that she has tamed me..."

"It is possible," said the fox. "On the Earth one sees all sorts of things."

"Oh, but this is not on the Earth!" said the little prince.

The fox seemed perplexed, and very curious.

"On another planet?"

"Yes."

"Are there hunters on this planet?"

"No."

"Ah, that is interesting! Are there chickens?"

"No."

"Nothing is perfect," sighed the fox.

But he came back to his idea.

"My life is very monotonous," the fox said. "I hunt chickens; men hunt me. All the chickens are just alike, and all the men are just alike. And, in consequence, I am a little bored. But if you tame me, it will be as if the sun came to shine on my life. I shall know the sound of a step that will be different from all the  others. Other steps send me hurrying back underneath the ground. Yours will call me, like music, out of my burrow. And then look: you see the grain-fields down yonder? I do not eat bread. Wheat is of no use to me. The wheat fields have nothing to say to me. And that is sad. But you have hair that is the colour of gold. Think how wonderful that will be when you have tamed me! The grain, which is also golden, will bring me back the thought of you. And I shall love to listen to the wind in the wheat..."

The fox gazed at the little prince, for a long time.

"Please— tame me!" he said.

"I want to, very much," the little prince replied. "But I have not much time. I have friends to discover, and a great many things to understand."

"One only understands the things that one tames," said the fox. "Men have no more time to understand anything. They buy things all ready made at the shops. But there is no shop anywhere where one can buy friendship, and so men have no friends any more. If you want a friend, tame me..."

"What must I do, to tame you?" asked the little prince.

"You must be very patient," replied the fox. "First you will sit down at a little distance from me— like that— in the grass. I shall look at you out of the corner of my eye, and you will say nothing. Words are the source of misunderstandings. But you will sit a little closer to me, every day..."

The next day the little prince came back.

"It would have been better to come back at the same hour," said the fox. "If, for example, you come at four o'clock in the afternoon, then at three o'clock I shall begin to be happy. I shall feel happier and happier as the hour advances. At four o'clock, I shall already be worrying and jumping about. I shall show you how happy I am! But if you come at just any time, I shall never know at what hour my heart is to be ready to greet you... One must observe the proper rites..."

"What is a rite?" asked the little prince.

"Those also are actions too often neglected," said the fox. "They are what make one day different from other days, one hour from other hours. There is a rite, for example, among my hunters. Every Thursday they dance with the village girls. So Thursday is a wonderful day for me! I can take a walk as far as the vineyards. But if the hunters danced at just any time, every day would be like every other day, and I should never have any vacation at all."

So the little prince tamed the fox. And when the hour of his departure drew near—

"Ah," said the fox, "I shall cry."

"It is your own fault," said the little prince. "I never wished you any sort of harm; but you wanted me to tame you..."

"Yes, that is so," said the fox.

"But now you are going to cry!" said the little prince.

"Yes, that is so," said the fox.

"Then it has done you no good at all!"

"It has done me good," said the fox, "because of the color of the wheat fields." And then he added:

"Go and look again at the roses. You will understand now that yours is unique in all the world. Then come back to say goodbye to me, and I will make you a present of a secret."

The little prince went away, to look again at the roses.

"You are not at all like my rose," he said. "As yet you are nothing. No one has tamed you, and you have tamed no one. You are like my fox when I first knew him. He was only a fox like a hundred thousand other foxes. But I have made him my friend, and now he is unique in all the world."

And the roses were very much embarrassed.

"You are beautiful, but you are empty," he went on. "One could not die for you. To be sure, an ordinary passerby would think that my rose looked just like you— the rose that belongs to me. But in herself alone she is more important than all the hundreds of you other roses: because it is she that I have watered; because it is she that I have put under the glass globe; because it is she that I have sheltered behind the screen; because it is for her that I have killed the caterpillars (except the two or three that we saved to become butterflies); because it is she that I have listened to, when she grumbled, or boasted, or even sometimes when she said nothing. Because she is my rose."

And he went back to meet the fox.

"Goodbye," he said.

"Goodbye," said the fox. "And now here is my secret, a very simple secret: It is only with the heart that one can see rightly; what is essential is invisible to the eye."

"What is essential is invisible to the eye," the little prince repeated, so that he would be sure to remember.

"It is the time you have wasted for your rose that makes your rose so important."

"It is the time I have wasted for my rose—" said the little prince, so that he would be sure to remember.

"Men have forgotten this truth," said the fox. "But you must not forget it. You become responsible, forever, for what you have tamed. You are responsible for your rose..."

"I am responsible for my rose," the little prince repeated, so that he would be sure to remember.

"Good morning," said the little prince.

"Good morning," said the railway switchman.

"What do you do here?" the little prince asked.

"I sort out travelers, in bundles of a thousand," said the switchman. "I send off the trains that carry them; now to the right, now to the left."

And a brilliantly lighted express train shook the switchman's cabin as it rushed by with a roar like thunder.

"They are in a great hurry," said the little prince. "What are they looking for?"

"Not even the locomotive engineer knows that," said the switchman.

And a second brilliantly lighted express thundered by, in the opposite direction.

"Are they coming back already?" demanded the little prince.

"These are not the same ones," said the switchman. "It is an exchange."

"Were they not satisfied where they were?" asked the little prince.

"No one is ever satisfied where he is," said the switchman.

And they heard the roaring thunder of a third brilliantly lighted express.

"Are they pursuing the first travelers?" demanded the little prince.

"They are pursuing nothing at all," said the switchman. "They are asleep in there, or if they are not asleep they are yawning. Only the children are flattening their noses against the windowpanes."

"Only the children know what they are looking for," said the little prince. "They waste their time over a rag doll and it becomes very important to them; and if anybody takes it away from them, they cry..."

"They are lucky," the switchman said.

"Good morning," said the little prince.

"Good morning," said the merchant.

This was a merchant who sold pills that had been invented to quench thirst. You need only swallow one pill a week, and you would feel no need of anything to drink.

"Why are you selling those?" asked the little prince.

"Because they save a tremendous amount of time," said the merchant. "Computations have been made by experts. With these pills, you save fifty-three minutes in every week."

"And what do I do with those fifty-three minutes?"

"Anything you like..."

"As for me," said the little prince to himself, "if I had fifty-three minutes to spend as I liked, I should walk at my leisure toward a spring of fresh water."

It was now the eighth day since I had had my accident in the desert, and I had listened to the story of the merchant as I was drinking the last drop of my water supply.

"Ah," I said to the little prince, "these memories of yours are very charming; but I have not yet succeeded in repairing my plane; I have nothing more to drink; and I, too, should be very happy if I could walk at my leisure toward a spring of fresh water!"

"My friend the fox—" the little prince said to me.

"My dear little man, this is no longer a matter that has anything to do with the fox!"

"Why not?"

"Because I am about to die of thirst..."

He did not follow my reasoning, and he answered me:

"It is a good thing to have had a friend, even if one is about to die. I, for instance, am very glad to have had a fox as a friend..."

"He has no way of guessing the danger," I said to myself. "He has never been either hungry or thirsty. A little sunshine is all he needs..."

But he looked at me steadily, and replied to my thought:

"I am thirsty, too. Let us look for a well..."

I made a gesture of weariness. It is absurd to look for a well, at random, in the immensity of the desert. But nevertheless we started walking.

When we had trudged along for several hours, in silence, the darkness fell, and the stars began to come out. Thirst had made me a little feverish, and I looked at them as if I were in a dream. The little prince's last words came reeling back into my memory:

"Then you are thirsty, too?" I demanded.

But he did not reply to my question. He merely said to me:

"Water may also be good for the heart..."

I did not understand this answer, but I said nothing. I knew very well that it was impossible to cross-examine him.

He was tired. He sat down. I sat down beside him. And, after a little silence, he spoke again:

"The stars are beautiful, because of a flower that cannot be seen."

I replied, "Yes, that is so." And, without saying anything more, I looked across the ridges of sand that were stretched out before us in the moonlight.

"The desert is beautiful," the little prince added.

And that was true. I have always loved the desert. One sits down on a desert sand dune, sees nothing, hears nothing. Yet through the silence something throbs, and gleams...

"What makes the desert beautiful," said the little prince, "is that somewhere it hides a well..."

I was astonished by a sudden understanding of that mysterious radiation of the sands. When I was a little boy I lived in an old house, and legend told us that a treasure was buried there. To be sure, no one had ever known how to find it; perhaps no one had ever even looked for it. But it cast an enchantment over that house. My home was hiding a secret in the depths of its heart...

"Yes," I said to the little prince. "The house, the stars, the desert— what gives them their beauty is something that is invisible!"

"I am glad," he said, "that you agree with my fox."

As the little prince dropped off to sleep, I took him in my arms and set out walking once more. I felt deeply moved, and stirred. It seemed to me that I was carrying a very fragile treasure. It seemed to me, even, that there was nothing more fragile on all Earth. In the moonlight I looked at his pale forehead, his closed eyes, his locks of hair that trembled in the wind, and I said to myself: "What I see here is nothing but a shell. What is most important is invisible..."

As his lips opened slightly with a suspicious half-smile, I said to myself, again: "What moves me so deeply, about this little prince who is sleeping here, is his loyalty to a flower— the image of a rose that shines through his whole being like the flame of a lamp, even when he is asleep..." And I felt him to be more fragile still. I felt the need of protecting him, as if he himself were a flame that might be extinguished by a little puff of wind...

And, as I walked on so, I found the well, at daybreak.

"Men," said the little prince, "set out on their way in express trains, but they do not know what they are looking for. Then they rush about, and get excited, and turn round and round..."

And he added:

"It is not worth the trouble..."

The well that we had come to was not like the wells of the Sahara. The wells of the Sahara are mere holes dug in the sand. This one was like a well in a village. But there was no village here, and I thought I must be dreaming...

"It is strange," I said to the little prince. "Everything is ready for use: the pulley, the bucket, the rope..."

He laughed, touched the rope, and set the pulley to working. And the pulley moaned, like an old weathervane which the wind has long since forgotten.

"Do you hear?" said the little prince. "We have wakened the well, and it is singing..."

I did not want him to tire himself with the rope.

"Leave it to me," I said. "It is too heavy for you."

I hoisted the bucket slowly to the edge of the well and set it there— happy, tired as I was, over my achievement. The song of the pulley was still in my ears, and I could see the sunlight

He laughed, touched the rope, and set the pulley to working.

shimmer in the still trembling water.

"I am thirsty for this water," said the little prince. "Give me some of it to drink..."

And I understood what he had been looking for.

I raised the bucket to his lips. He drank, his eyes closed. It was as sweet as some special festival treat. This water was indeed a different thing from ordinary nourishment. Its sweetness was born of the walk under the stars, the song of the pulley, the effort of my arms. It was good for the heart, like a present. When I was a little boy, the lights of the Christmas tree, the music of the Midnight Mass, the tenderness of smiling faces, used to make up, so, the radiance of the gifts I received.

"The men where you live," said the little prince, "raise five thousand roses in the same garden— and they do not find in it what they are looking for."

"They do not find it," I replied.

"And yet what they are looking for could be found in one single rose, or in a little water."

"Yes, that is true," I said.

And the little prince added:

"But the eyes are blind. One must look with the heart..."

I had drunk the water. I breathed easily. At sunrise the sand is the color of honey. And that honey color was making me happy, too. What brought me, then, this sense of grief ?

"You must keep your promise," said the little prince, softly, as he sat down beside me once more.

"What promise?"

"You know— a muzzle for my sheep... I am responsible for this flower..."

I took my rough drafts of drawings out of my pocket. The little prince looked them over, and laughed as he said:

"Your baobabs— they look a little like cabbages."

"Oh!"

I had been so proud of my baobabs!

"Your fox— his ears look a little like horns; and they are too long."

And he laughed again.

"You are not fair, little prince," I said. "I don't know how to draw anything except boa constrictors from the outside and boa constrictors from the inside."

"Oh, that will be all right," he said, "children understand."

So then I made a pencil sketch of a muzzle. And as I gave it to him my heart was torn.

"You have plans that I do not know about," I said.

But he did not answer me. He said to me, instead:

"You know— my descent to the earth... Tomorrow will be its anniversary."

Then, after a silence, he went on:

"I came down very near here."

And he flushed.

And once again, without understanding why, I had a queer sense of sorrow. One question, however, occurred to me:

"Then it was not by chance that on the morning when I first met you— a week ago— you were strolling along like that, all alone, a thousand miles from any inhabited region? You were on your back to the place where you landed?"

The little prince flushed again.

And I added, with some hesitancy:

"Perhaps it was because of the anniversary?"

The little prince flushed once more. He never answered questions— but when one flushes does that not mean "Yes"?

"Ah," I said to him, "I am a little frightened—"

But he interrupted me.

"Now you must work. You must return to your engine. I will be waiting for you here. Come back tomorrow evening..."

But I was not reassured. I remembered the fox. One runs the risk of weeping a little, if one lets himself be tamed...

Beside the well there was the ruin of an old stone wall. When I came back from my work, the next evening, I saw from some distance away my little price sitting on top of a wall, with his feet dangling. And I heard him say:

"Then you don't remember. This is not the exact spot."

Another voice must have answered him, for he replied to it:

"Yes, yes! It is the right day, but this is not the place."

I continued my walk toward the wall. At no time did I see or hear anyone. The little prince, however, replied once again:

"—Exactly. You will see where my track begins, in the sand. You have nothing to do but wait for me there. I shall be there tonight."

I was only twenty metres from the wall, and I still saw nothing.

After a silence the little prince spoke again:

"You have good poison? You are sure that it will not make me suffer too long?"

I stopped in my tracks, my heart torn asunder; but still I did not understand.

"Now go away," said the little prince. "I want to get down from the wall."

I dropped my eyes, then, to the foot of the wall— and I leaped into the air. There before me, facing the little prince, was one of those yellow snakes that take just thirty seconds to bring your life to an end. Even as I was digging into my pocket to get out my revolver I made a running step back. But, at the noise I made, the snake let himself flow easily across the sand like the dying spray of a fountain, and, in no apparent hurry, disappeared, with a light metallic sound, among the stones.

I reached the wall just in time to catch my little man in my arms; his face was white as snow.

"What does this mean?" I demanded. "Why are you talking with snakes?"

207

I had loosened the golden muffler that he always wore. I had moistened his temples, and had given him some water to drink. And now I did not dare ask him any more questions. He looked at me very gravely, and put his arms around my neck. I felt his heart beating like the heart of a dying bird, shot with someone's rifle...

"I am glad that you have found what was the matter with your engine," he said. "Now you can go back home—"

"How do you know about that?"

I was just coming to tell him that my work had been successful, beyond anything that I had dared to hope.

He made no answer to my question, but he added:

"I, too, am going back home today..."

Then, sadly—

"It is much farther... it is much more difficult..."

I realised clearly that something extraordinary was happening. I was holding him close in my arms as if he were a little child; and yet it seemed to me that he was rushing headlong toward an abyss from which I could do nothing to restrain him...

His look was very serious, like some one lost far away.

"I have your sheep. And I have the sheep's box. And I have the muzzle..."

And he gave me a sad smile.

I waited a long time. I could see that he was reviving little by little.

"Dear little man," I said to him, "you are afraid..."

He was afraid, there was no doubt about that. But he laughed lightly.

"I shall be much more afraid this evening..."

Once again I felt myself frozen by the sense of something irreparable. And I knew that I could not bear the thought of never hearing that laughter any more. For me, it was like a spring of fresh water in the desert.

"Little man," I said, "I want to hear you laugh again."

But he said to me:

"Tonight, it will be a year... my star, then, can be found right above the place where I came to the Earth, a year ago..."

"Little man," I said, "tell me that it is only a bad dream— this affair of the snake, and the meeting-place, and the star..."

But he did not answer my plea. He said to me, instead: "The thing that is important is the thing that is not seen..."

"Yes, I know..."

"It is just as it is with the flower. If you love a flower that lives on a star, it is sweet to look at the sky at night. All the stars are a-bloom with flowers..."

"Yes, I know..."

"It is just as it is with the water. Because of the pulley, and the rope, what you gave me to drink was like music. You remember—how good it was."

"Yes, I know..."

"And at night you will look up at the stars. Where I live everything is so small that I cannot show you where my star is to be found. It is better, like that. My star will just be one of the stars, for you. And so you will love to watch all the stars in the heavens... they will all be your friends. And, besides, I am going to make you a present..."

He laughed again.

"Ah, little prince, dear little prince! I love to hear that laughter!"

"That is my present. Just that. It will be as it was when we drank the water..."

"What are you trying to say?"

"All men have the stars," he answered, "but they are not the same things for different people. For some, who are travelers, the stars are guides. For others they are no more than little lights in the sky. For others, who are scholars, they are problems . For my businessman they were wealth. But all these stars are silent. You—you alone— will have the stars as no one else has them—"

"What are you trying to say?"

"In one of the stars I shall be living. In one of them I shall be laughing. And so it will be as if all the stars were laughing, when you look at the sky at night... you— only you— will have stars that can laugh!"

And he laughed again.

"And when your sorrow is comforted (time soothes all sorrows) you will be content that you have known me. You will always be my friend. You will want to laugh with me. And you will sometimes open your window, so, for that pleasure... and your friends will be properly astonished to see you laughing as you look up at the sky! Then you will say to them, 'Yes, the stars always make me laugh!' And they will think you are crazy. It will be a very shabby trick that I shall have played on you..."

And he laughed again.

"It will be as if, in place of the stars, I had given you a great number of little bells that knew how to laugh..."

And he laughed again. Then he quickly became serious:

"Tonight—you know... do not come," said the little prince.

"I shall not leave you," I said.

"I shall look as if I were suffering. I shall look a little as if I were dying. It is like that. Do not come to see that. It is not worth the trouble..."

"I shall not leave you."

But he was worried.

"I tell you— it is also because of the snake. He must not bite you. Snakes— they are malicious creatures. This one might bite you just for fun..."

"I shall not leave you."

But a thought came to reassure him:

"It is true that they have no more poison for a second bite."

That night I did not see him set out on his way. He got away from me without making a sound. When I succeeded in catching up with him he was walking along with a quick and resolute step. He said to me merely:

"Ah! You are there..."

And he took me by the hand. But he was still worrying.

"It was wrong of you to come. You will suffer. I shall look as if I were dead; and that will not be true..."

I said nothing.

"You understand... it is too far. I cannot carry this body with me. It is too heavy."

I said nothing.

"But it will be like an old abandoned shell. There is nothing sad about old shells..."

I said nothing.

He was a little discouraged. But he made one more effort:

"You know, it will be very nice. I, too, shall look at the stars. All the stars will be wells with a rusty pulley. All the stars will pour out fresh water for me to drink..."

I said nothing.

"That will be so amusing! You will have five hundred million little bells, and I shall have five hundred million springs of fresh water..."

And he too said nothing more, because he was crying...

"Here it is. Let me go on by myself."

And he sat down, because he was afraid. Then he said, again:

"You know— my flower... I am responsible for her. And she is so weak! She is so naive! She has four thorns, of no use at all, to protect herself against all the world..."

I too sat down, because I was not able to stand up any longer.

"There now — that is all..."

He still hesitated a little; then he got up. He took one step. I could not move.

There was nothing but a flash of yellow close to his ankle. He remained motionless for an instant. He did not cry out. He fell as gently as a tree falls. There was not even any sound, because of the sand.

He fell as gently as a tree falls.
There was not even any sound.

Chapter

27

A nd now six years have already gone by...

I have never yet told this story. The companions who met me on my return were well content to see me alive. I was sad, but I told them: "I am tired."

Now my sorrow is comforted a little. That is to say— not entirely. But I know that he did go back to his planet, because I did not find his body at daybreak. It was not such a heavy body... and at night I love to listen to the stars. It is like five hundred million little bells...

But there is one extraordinary thing... when I drew the muzzle for the little prince, I forgot to add the leather strap to it. He will never have been able to fasten it on his sheep. So now I keep wondering: what is happening on his planet? Perhaps the sheep has eaten the flower...

At one time I said to myself: "Surely not! The little prince shuts his flower under her glass globe every night, and he watches over his sheep very carefully..." Then I am happy. And there is sweetness in the laughter of all the stars.

But at another time I said to myself: "At some moment or other one is absent-minded, and that is enough! On some one evening he forgot the glass globe, or the sheep got out, without making any noise, in the night..." And then the little bells are changed to tears...

Here, then, is a great mystery. For you who also love the little prince, and for me, nothing in the universe can be the same if somewhere, we do not know where, a sheep that we never saw has— yes or no?— eaten a rose...

Look up at the sky. Ask yourselves: is it yes or no? Has the sheep eaten the flower? And you will see how everything changes...

And no grown-up will ever understand that this is a matter of so much importance!

This is, to me, the loveliest and saddest landscape in the world. It is the same as that on the preceding page, but I have drawn it again to impress it on your memory. It is here that the little prince appeared on Earth, and disappeared.

Look at it carefully so that you will be sure to recognise it in case you travel some day to the African desert. And, if you should come upon this spot, please do not hurry on. Wait for a time, exactly under the star. Then, if a little man appears who laughs, who has golden hair and who refuses to answer questions, you will know who he is. If this should happen, please comfort me. Send me word that he has come back.

Version Française

Le Petit Prince

puisque j'habiterai dans l'une d'elles,
puisque je rirai dans
l'une d'elles...

À Léon Werth

Je demande pardon aux enfants d'avoir dédié ce livre à une grande personne.

J'ai une excuse sérieuse : cette grande personne est le meilleur ami que j'ai au monde.

J'ai une autre excuse : cette grande personne peut tout comprendre, même les livres pour enfants.

J'ai une troisième excuse : cette grande personne habite la France où elle a faim et froid.

Elle a besoin d'être consolée .

Si toutes ces excuses ne suffisent pas,

je veux bien dédier ce livre à l'enfant qu'a été autrefois cette grande personne.

Toutes les grandes personnes ont d'abord été des enfants. (Mais peu d'entre elles s'en souviennent.)

Je corrige donc ma dédicace :

À Léon Werth

quand il était petit garçon

Chapitre

1

Lorsque j'avais six ans j'ai vu, une fois, une magnifique image, dans un livre sur la Forêt Vierge qui s'appelait " Histoires vécues". Ça représentait un serpent boa qui avalait un fauve. Voilà la copie du dessin.

On disait dans le livre : " Les serpents boas avalent leur proie tout entière, sans la mâcher. Ensuite ils ne peuvent plus bouger et ils dorment pendant les six mois de leur digestion ".

J'ai alors beaucoup réfléchi sur les aventures de la jungle et, à mon tour, j'ai réussi, avec un crayon de couleur, à tracer mon premier dessin. Mon dessin numéro 1. Il était comme ça :

J'ai montré mon chef-d'œuvre aux grandes personnes et je leur ai demandé si mon dessin leur faisait peur.

Elles m'ont répondu :

– "Pourquoi un chapeau ferait-il peur ?"

Mon dessin ne représentait pas un chapeau. Il représentait un serpent boa qui digérait un éléphant. J'ai alors dessiné l'intérieur du serpent boa, afin que les grandes personnes puissent comprendre. Elles ont toujours besoin d'explications. Mon dessin numéro 2 était comme ça :

Les grandes personnes m'ont conseillé de laisser de côté les dessins de serpents boas ouverts ou fermés, et de m'intéresser plutôt à la géographie, à l'histoire, au calcul et à la grammaire. C'est ainsi que j'ai abandonné, à l'âge de six ans, une magnifique carrière de peintre. J'avais été découragé par l'insuccès de mon dessin numéro 1 et de mon dessin numéro 2. Les grandes personnes ne comprennent jamais rien toutes seules, et c'est fatigant, pour les enfants, de toujours leur donner des explications.

J'ai donc dû choisir un autre métier et j'ai appris à piloter des avions. J'ai volé un peu partout dans le monde. Et la géographie, c'est exact, m'a beaucoup servi. Je savais reconnaître, du premier coup d'œil, la Chine de l'Arizona. C'est très utile, si l'on est égaré pendant la nuit.

J'ai ainsi eu, au cours de ma vie, des tas de contacts avec des tas de gens sérieux. J'ai beaucoup vécu chez les grandes personnes. Je les ai vues de très près. Ça n'a pas trop amélioré mon opinion.

Quand j'en rencontrais une qui me paraissait un peu lucide, je faisais l'expérience sur elle de mon dessin n° 1 que j'ai toujours conservé. Je voulais savoir si elle était vraiment compréhensive. Mais toujours elle me répondait : "C'est un chapeau. " Alors je ne lui parlais ni de serpents boas, ni de forêts vierges, ni d'étoiles. Je me mettais à sa portée. Je lui parlais de bridge, de golf, de politique et de cravates. Et la grande personne était bien contente de connaître un homme aussi raisonnable.

Chapitre

2

J'ai ainsi vécu seul, sans personne avec qui parler véritablement, jusqu'à une panne dans le désert du Sahara, il y a six ans. Quelque chose s'était cassé dans mon moteur. Et comme je n'avais avec moi ni mécanicien, ni passagers, je me préparai à essayer de réussir, tout seul, une réparation difficile. C'était pour moi une question de vie ou de mort. J'avais à peine de l'eau à boire pour huit jours.

Le premier soir je me suis donc endormi sur le sable à mille milles de toute terre habitée. J'étais bien plus isolé qu'un naufrage sur un radeau au milieu de l'océan. Alors vous imaginez ma surprise, au lever du jour, quand une drôle de petite voix m'a réveillé. Elle disait :

– S'il vous plaît… dessine-moi un mouton !

– Hein !

– Dessine-moi un mouton…

J'ai sauté sur mes pieds comme si j'avais été frappé par la foudre. J'ai bien frotté mes yeux. J'ai bien regardé. Et j'ai vu un petit bonhomme tout à fait extraordinaire qui me considérait gravement. Voilà le meilleur portrait que, plus tard, j'ai réussi à faire de lui. Mais mon dessin, bien sûr, est beaucoup moins ravissant que le modèle. Ce n'est pas ma faute. J'avais été découragé dans ma carrière de peintre par les grandes personnes, à l'âge de six ans, et je n'avais rien appris à dessiner, sauf les boas fermés et les boas ouverts.

Voilà le meilleur portrait que, plus tard, j'ai réussi à faire de lui.

Je regardai donc cette apparition avec des yeux tout ronds d'étonnement. N'oubliez pas que je me trouvais à mille milles de toute région habitée. Or mon petit bonhomme ne me semblait ni égaré, ni mort de fatigue, ni mort de faim, ni mort de soif, ni mort de peur. Il n'avait en rien l'apparence d'un enfant perdu au milieu du désert, à mille milles de toute région habitée. Quand je réussis enfin à parler, je lui dis :

– Mais… qu'est-ce que tu fais là ?

Et il me répéta alors, tout doucement, comme une chose très sérieuse :

– S'il vous plaît… dessine-moi un mouton…

Quand le mystère est trop impressionnant, on n'ose pas désobéir. Aussi absurde que cela me semblât à mille milles de tous les endroits habités et en danger de mort, je sortis de ma poche une feuille de papier et un stylographe. Mais je me rappelai alors que j'avais surtout étudié la géographie, l'histoire, le calcul et la grammaire et je dis au petit bonhomme (avec un peu de mauvaise humeur) que je ne savais pas dessiner. Il me répondit :

– Ça ne fait rien. Dessine-moi un mouton.

Comme je n'avais jamais dessiné un mouton je refis, pour lui, l'un des deux seuls dessins dont j'étais capable. Celui du boa fermé. Et je fus stupéfait d'entendre le petit bonhomme me répondre :

– Non ! Non ! Je ne veux pas d'un éléphant dans un boa. Un boa c'est très dangereux, et un éléphant c'est très encombrant. Chez moi c'est tout petit. J'ai besoin d'un mouton. Dessine-moi un mouton.

Alors j'ai dessiné.

Il regarda attentivement, puis :

– Non ! Celui-là est déjà très malade. Fais-en un autre.

Je dessinai :

Mon ami sourit gentiment, avec
indulgence :

– Tu vois bien…
ce n'est pas un mouton, c'est un bélier. Il a
des cornes…

Je refis donc encore mon dessin :

Mais il fut refusé, comme les précédents :

– Celui-là est trop vieux. Je veux un mouton
qui vive longtemps.

Alors, faute de patience, comme j'avais
hâte de commencer le démontage de mon
moteur, je griffonnai ce dessin-ci.

Et je lançai :

– Ça c'est la caisse. Le mouton que tu veux est dedans.

Mais je fus bien surpris de voir s'illuminer le visage de mon jeune

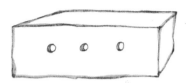

Mais je fus bien surpris de voir s'illuminer le visage de mon jeune juge :

– C'est tout à fait comme ça que je le voulais ! Crois-tu qu'il faille beaucoup d'herbe à ce mouton ?

– Pourquoi ?

– Parce que chez moi c'est tout petit…

– Ça suffira sûrement. Je t'ai donné un tout petit mouton.

Il pencha la tête vers le dessin :

– Pas si petit que ça… Tiens ! Il s'est endormi…

Et c'est ainsi que je fis la connaissance du petit prince.

Il me fallut longtemps pour comprendre d'où il venait. Le petit prince, qui me posait beaucoup de questions, ne semblait jamais entendre les miennes. Ce sont des mots prononcés par hasard qui, peu à peu, m'ont tout révélé. Ainsi, quand il aperçut pour la première fois mon avion (je ne dessinerai pas mon avion, c'est un dessin beaucoup trop compliqué pour moi) il me demanda :

– Qu'est-ce que c'est que cette chose-là ?

– Ce n'est pas une chose. Ça vole. C'est un avion. C'est mon avion.

Et j'étais fier de lui apprendre que je volais. Alors il s'écria :

– Comment ! tu es tombé du ciel !

– Oui, fis-je modestement.

– Ah ! Ça c'est drôle…

Et le petit prince eut un très joli éclat de rire qui m'irrita beaucoup. Je désire que l'on prenne mes malheurs au sérieux. Puis il ajouta :

– Alors, toi aussi tu viens du ciel ! De quelle planète es-tu ?

J'entrevis aussitôt une lueur, dans le mystère de sa présence, et j'interrogeai brusquement :

– Tu viens donc d'une autre planète ?

Mais il ne me répondit pas. Il hochait la tête doucement tout en regardant mon avion :

– C'est vrai que, là-dessus, tu ne peux pas venir de bien loin…

Et il s'enfonça dans une rêverie qui dura longtemps. Puis, sortant mon mouton de sa poche, il se plongea dans la contemplation de son trésor.

Vous imaginez combien j'avais pu être intrigue par cette demi-confidence sur " les autres planètes ". Je m'efforçai donc d'en savoir plus long :

– D'où viens-tu mon petit bonhomme ? Où est-ce " chez toi " ? Où veux-tu emporter mon mouton ?

Il me répondit après un silence méditatif :

– Ce qui est bien, avec la caisse que tu m'as donnée, c'est que, la nuit, ça lui servira de maison.

– Bien sûr. Et si tu es gentil, je te donnerai aussi une corde pour l'attacher pendant le jour. Et un piquet.

La proposition parut choquer le petit prince :

– L'attacher ? Quelle drôle d'idée !

– Mais si tu ne l'attaches pas, il ira n'importe où, et il se perdra.

Et mon ami eut un nouvel éclat de rire :

– Mais où veux-tu qu'il aille !

– N'importe où. Droit devant lui…

Alors le petit prince remarqua gravement :

– Ça ne fait rien, c'est tellement petit, chez moi !

Et, avec un peu de mélancolie, peut-être, il ajouta :

Droit devant soi on ne peut pas aller bien loin…

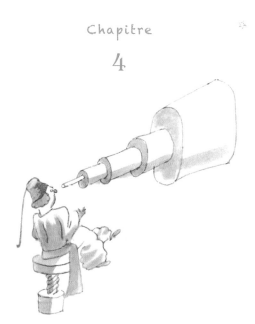

J'avais ainsi appris une seconde chose très importante : C'est que sa planète d'origine était à peine plus grande qu'une maison !

Ça ne pouvait pas m'étonner beaucoup. Je savais bien qu'en dehors des grosses planètes comme la Terre, Jupiter, Mars, Vénus, auxquelles on a donné des noms, il y en a des centaines d'autres qui sont quelquefois si petites qu'on a beaucoup de mal à les apercevoir au télescope. Quand un astronome découvre l'une d'elles, il lui donne pour nom un numéro. Il l'appelle par exemple : " l'astéroïde 325. "

J'ai de sérieuses raisons de croire que la planète d'où venait le petit prince est l'astéroïde B 612. Cet astéroïde n'a été aperçu qu'une fois au télescope, en 1909, par un astronome turc.

Il avait fait alors une grande démonstration de sa découverte à un Congrès International d'Astronomie. Mais personne ne l'avait cru à cause de son costume. Les grandes personnes sont comme ça.

Heureusement pour la réputation de l'astéroïde B 612 un dictateur turc imposa à son peuple, sous peine de mort, de s'habiller à l'Européenne. L'astronome refit sa démonstration en 1920, dans un habit très élégant. Et cette fois-ci tout le monde fut de son avis.

Si je vous ai raconté ces détails sur l'astéroïde B 612 et si je vous ai confié son numéro, c'est à cause des grandes personnes. Les grandes personnes aiment les chiffres. Quand vous leur parlez d'un nouvel ami, elles ne vous questionnent jamais sur

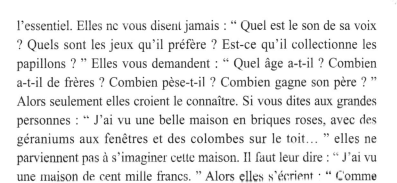

l'essentiel. Elles ne vous disent jamais : " Quel est le son de sa voix ? Quels sont les jeux qu'il préfère ? Est-ce qu'il collectionne les papillons ? " Elles vous demandent : " Quel âge a-t-il ? Combien a-t-il de frères ? Combien pèse-t-il ? Combien gagne son père ? " Alors seulement elles croient le connaître. Si vous dites aux grandes personnes : " J'ai vu une belle maison en briques roses, avec des géraniums aux fenêtres et des colombes sur le toit... " elles ne parviennent pas à s'imaginer cette maison. Il faut leur dire : " J'ai vu une maison de cent mille francs. " Alors elles s'écrient : " Comme c'est joli ! "

Ainsi, si vous leur dites : " La preuve que le petit prince a existé c'est qu'il était ravissant, qu'il riait, et qu'il voulait un mouton. Quand on veut un mouton, c'est la preuve qu'on existe " elles hausseront les épaules et vous traiteront d'enfant ! Mais si vous leur dites : " La planète d'où il venait est l'astéroïde B 612 " alors elles seront convaincues, et elles vous laisseront tranquille avec leurs questions. Elles sont comme ça. Il ne faut pas leur en vouloir. Les enfants doivent être très indulgents envers les grandes personnes.

Mais, bien sûr, nous qui comprenons la vie, nous nous moquons bien des numéros ! J'aurais aimé commencer cette histoire à la façon des contes de fées. J'aurais aimé dire :

" Il était une fois un petit prince qui habitait une planète à peine plus grande que lui, et qui avait besoin d'un ami... " Pour ceux qui comprennent la vie, ça aurait eu l'air beaucoup plus vrai.

Car je n'aime pas qu'on lise mon livre à la légère. J'éprouve tant de chagrin à raconter ces souvenirs. Il y a six ans déjà que mon ami s'en est allé avec son mouton. Si j'essaie ici de le décrire, c'est afin de ne pas l'oublier. C'est triste d'oublier un ami. Tout le monde n'a pas eu un ami. Et je puis devenir comme les grandes personnes qui ne s'intéressent plus qu'aux chiffres. C'est donc pour ça encore que j'ai acheté une boîte de couleurs et des crayons. C'est dur de se remettre au dessin, à mon âge, quand on n'a jamais fait d'autres tentatives que celle d'un boa fermé et celle d'un boa ouvert, à l'âge de six ans ! J'essaierai, bien sûr, de faire des portraits le plus ressemblants possible. Mais je ne suis pas tout à fait certain de réussir. Un dessin va, et l'autre ne ressemble plus. Je me trompe un peu aussi sur la taille. Ici le petit prince est trop grand. Là il est trop petit. J'hésite aussi sur la couleur de son costume. Alors je tâtonne comme ci et comme ça, tant bien que mal. Je me tromperai enfin sur certains détails plus importants. Mais ça, il faudra me le pardonner. Mon ami ne donnait jamais d'explications. Il me croyait peut-être semblable à lui. Mais moi, malheureusement, je ne sais pas voir les moutons à travers les caisses. Je suis peut-être un peu comme les grandes personnes. J'ai dû vieillir.

Le petit prince sur l'astéroïde B612

Chaque jour j'apprenais quelque chose sur la planète, sur le départ, sur le voyage. Ça venait tout doucement, au hasard des réflexions. C'est ainsi que, le troisième jour, je connus le drame des baobabs.

Cette fois-ci encore ce fut grâce au mouton, car brusquement le petit prince m'interrogea, comme pris d'un doute grave :

– C'est bien vrai, n'est-ce pas, que les moutons mangent les arbustes ?

– Oui. C'est vrai.

– Ah ! Je suis content.

Je ne compris pas pourquoi il était si important que les moutons mangeassent les arbustes. Mais le petit prince ajouta :

– Par conséquent ils mangent aussi les baobabs ?

Je fis remarquer au petit prince que les baobabs ne sont pas des arbustes, mais des arbres grands comme des églises et que, si même il emportait avec lui tout un troupeau d'éléphants, ce troupeau ne viendrait pas à bout d'un seul baobab.

L'idée du troupeau d'éléphants fit rire le petit prince :

– Il faudrait les mettre les uns sur les autres…

Mais il remarqua avec sagesse :

– Les baobabs, avant de grandir, ça commence par être petit.

– C'est exact ! Mais pourquoi veux-tu que tes moutons mangent les petits baobabs ?

Il me répondit : " Ben ! Voyons ! " comme s'il s'agissait là d'une évidence. Et il me fallut un grand effort d'intelligence pour comprendre à moi seul ce problème.

Et en effet, sur la planète du petit prince, il y avait comme sur toutes les planètes, de bonnes herbes et de mauvaises herbes. Par conséquent de bonnes graines de bonnes herbes et de mauvaises graines de mauvaises herbes. Mais les graines sont invisibles. Elles dorment dans le secret de la terre jusqu'à ce qu'il prenne fantaisie à l'une d'elles de se réveiller. Alors elle s'étire, et pousse d'abord timidement vers le soleil une ravissante petite brindille inoffensive. S'il s'agit d'une brindille de radis ou de rosier, on peut la laisser pousser comme elle veut. Mais s'il s'agit d'une mauvaise plante, il faut arracher la plante aussitôt, dès qu'on a su la reconnaître. Or il y avait des graines terribles sur la planète du petit prince… c'étaient les graines de baobabs. Le sol de la planète en était infesté. Or un baobab, si l'on s'y prend trop tard, on ne peut jamais plus s'en débarrasser. Il encombre toute la planète. Il la perfore de ses racines. Et si la planète est trop petite, et si les baobabs sont trop nombreux, ils la font éclater.

– C'est une question de discipline, me disait plus tard le petit prince. Quand on a terminé sa toilette du matin, il faut faire soigneusement la toilette de la planète. Il faut s'astreindre régulièrement à arracher les baobabs dès qu'on les distingue d'avec les rosiers auxquels ils ressemblent beaucoup quand ils sont très jeunes. C'est un travail très ennuyeux, mais très facile.

Et un jour il me conseilla de m'appliquer à réussir un beau dessin, pour bien faire entrer ça dans la tête des enfants de chez moi.

– S'ils voyagent un jour, me disait-il, ça pourra leur servir. Il est quelquefois sans inconvénient de remettre à plus tard son travail. Mais, s'il s'agit des baobabs, c'est toujours une catastrophe. J'ai connu une planète, habitée par un paresseux. Il avait négligé trois arbustes…

Et, sur les indications du petit prince, j'ai dessiné cette planète-là. Je n'aime guère prendre le ton d'un moraliste. Mais le danger des baobabs est si peu connu, et les risques courus par celui qui s'égarerait dans un astéroïde sont si considérables, que, pour une fois, je fais exception à ma réserve. Je dis : " Enfants ! Faites attention aux baobabs ! " C'est pour avertir mes amis d'un danger qu'ils frôlaient depuis longtemps, comme moi-même, sans le connaître, que j'ai tant travaillé ce dessin-là. La leçon que je donnais en valait la peine. Vous vous demanderez peut-être : Pourquoi n'y a-t-il pas, dans ce livre, d'autres dessins aussi grandioses que le dessin des baobabs ? La réponse est bien simple : J'ai essayé mais je n'ai pas pu réussir. Quand j'ai dessiné les baobabs j'ai été animé par le sentiment de l'urgence.

Les baobabs

A h ! petit prince, j'ai compris, peu à peu, ainsi, ta petite vie mélancolique. Tu n'avais eu longtemps pour distraction que la douceur des couchers de soleil. J'ai appris ce détail nouveau, le quatrième jour au matin, quand tu m'as dit :

– J'aime bien les couchers de soleil. Allons voir un coucher de soleil…

– Mais il faut attendre…

– Attendre quoi ?

– Attendre que le soleil se couche.

Tu as eu l'air très surpris d'abord, et puis tu as ri de toi-même. Et tu m'as dit :

– Je me crois toujours chez moi !

En effet. Quand il est midi aux États-Unis, le soleil, tout le monde le sait, se couche sur la France. Il suffirait de pouvoir aller en France en une minute pour assister au coucher de soleil. Malheureusement la France est bien trop éloignée. Mais, sur ta si petite planète, il te suffisait de tirer ta chaise de quelques pas. Et tu regardais le crépuscule chaque fois que tu le désirais…

– Un jour, j'ai vu le soleil se coucher quarante-quatre fois !

Et un peu plus tard tu ajoutais :

– Tu sais… quand on est tellement triste on

aime les couchers de soleil…

– Le jour des quarante-quatre fois, tu étais donc tellement triste ?

Mais le petit prince ne répondit pas.

Le cinquième jour, toujours grâce au mouton, ce secret de la vie du petit prince me fut révélé. Il me demanda avec brusquerie, sans préambule, comme le fruit d'un problème longtemps médité en silence :

– Un mouton, s'il mange les arbustes, il mange aussi les fleurs ?

– Un mouton mange tout ce qu'il rencontre.

– Même les fleurs qui ont des épines ?

– Oui. Même les fleurs qui ont des épines.

– Alors les épines, à quoi servent-elles ?

Je ne le savais pas. J'étais alors très occupé à essayer de dévisser un boulon trop serré de mon moteur. J'étais très soucieux car ma panne commençait de m'apparaître comme très grave, et l'eau à boire qui s'épuisait me faisait craindre le pire.

– Les épines, à quoi servent-elles ?

Le petit prince ne renonçait jamais à une question, une fois qu'il l'avait posée. J'étais irrité par mon boulon et je répondis n'importe quoi :

– Les épines, ça ne sert à rien, c'est de la pure méchanceté de la part des fleurs !

– Oh !

Mais après un silence il me lança, avec une sorte de rancune :

– Je ne te crois pas ! Les fleurs sont faibles. Elles sont naïves. Elles se rassurent comme elles peuvent. Elles se croient terribles avec leurs épines…

Je ne répondis rien. À cet instant-là je me disais : " Si ce boulon résiste encore, je le ferai sauter d'un coup de marteau. " Le petit prince dérangea de nouveau mes réflexions :

– Et tu crois, toi, que les fleurs…

– Mais non ! Mais non ! Je ne crois rien ! J'ai répondu n'importe quoi. Je m'occupe, moi, de choses sérieuses !

Il me regarda stupéfait.

– De choses sérieuses !

Il me voyait, mon marteau à la main, et les doigts noirs de cambouis, penché sur un objet qui lui semblait très laid.

– Tu parles comme les grandes personnes !

Ça me fit un peu honte. Mais, impitoyable, il ajouta :

– Tu confonds tout… tu mélanges tout !

Il était vraiment très irrité. Il secouait au vent des cheveux tout dorés :

– Je connais une planète où il y a un Monsieur cramoisi. Il n'a jamais respiré une fleur. Il n'a jamais regardé une étoile. Il n'a jamais aimé personne. Il n'a jamais rien fait d'autre que des additions. Et toute la journée il répète comme toi : " Je suis un homme sérieux ! Je suis un homme sérieux ! " et ça le fait gonfler d'orgueil. Mais ce n'est pas un homme, c'est un champignon !

– Un quoi ?

– Un champignon !

Le petit prince était maintenant tout pâle de colère.

– Il y a des millions d'années que les fleurs fabriquent des épines. Il y a des millions d'années que les moutons mangent quand même les fleurs. Et ce n'est pas sérieux de chercher à comprendre pourquoi elles se donnent tant de mal pour se fabriquer des épines qui ne servent jamais à rien ? Ce n'est pas important la guerre des moutons et des fleurs ? Ce n'est pas plus sérieux et plus important que les additions d'un gros Monsieur rouge ? Et si je connais, moi, une fleur unique au monde, qui n'existe nulle part, sauf dans ma planète, et qu'un petit mouton peut anéantir d'un seul coup, comme ça, un matin, sans se rendre compte de ce qu'il fait, ce n'est pas important ça !

Il rougit, puis reprit :

– Si quelqu'un aime une fleur qui n'existe qu'à un exemplaire dans les millions et les millions d'étoiles, ça suffit pour qu'il soit heureux quand il les regarde. Il se dit : " Ma fleur est là quelque part... " Mais si le mouton mange la fleur, c'est pour lui comme si, brusquement, toutes les étoiles s'éteignaient ! Et ce n'est pas important ça !

Il ne put rien dire de plus. Il éclata brusquement en sanglots. La nuit était tombée. J'avais lâché mes outils. Je me moquais bien de mon marteau, de mon boulon, de la soif et de la mort. Il y avait, sur une étoile, une planète, la mienne, la Terre, un petit prince à consoler ! Je le pris dans mes bras. Je le berçai. Je lui disais :

– La fleur que tu aimes n'est pas en danger... Je lui dessinerai une muselière, à ton mouton... Je te dessinerai une armure pour ta fleur... Je...

Je ne savais pas trop quoi dire. Je me sentais très maladroit. Je ne savais comment l'atteindre, où le rejoindre... C'est tellement mystérieux, le pays des larmes.

Chapitre
8

J'appris bien vite à mieux connaître cette fleur. Il y avait toujours eu, sur la planète du petit prince, des fleurs très simples, ornées d'un seul rang de pétales, et qui ne tenaient point de place, et qui ne dérangeaient personne. Elles apparaissaient un matin dans l'herbe, et puis elles s'éteignaient le soir. Mais celle-là avait germé un jour, d'une graine apportée d'on ne sait où, et le petit prince avait surveillé de très près cette brindille qui ne ressemblait pas aux autres brindilles. Ça pouvait être un nouveau genre de baobab. Mais l'arbuste cessa vite de croître, et commença de préparer une fleur. Le petit prince, qui assistait à l'installation d'un bouton énorme, sentait bien qu'il en sortirait une apparition miraculeuse, mais la fleur n'en finissait pas de se préparer à être belle, à l'abri de sa chambre verte. Elle choisissait avec soin ses couleurs. Elle s'habillait lentement, elle ajustait un à un ses pétales. Elle ne voulait pas sortir toute fripée comme les coquelicots. Elle ne voulait apparaître que dans le plein rayonnement de sa beauté. Eh ! oui. Elle était très coquette ! Sa toilette mystérieuse avait donc duré des jours et des jours. Et puis voici qu'un matin, justement à l'heure du lever du soleil, elle s'était montrée.

Et elle, qui avait travaillé avec tant de précision, dit en bâillant :

– Ah ! Je me réveille à peine… Je vous demande pardon… Je suis encore toute décoiffée…

Le petit prince, alors, ne put contenir son admiration :

– Que vous êtes belle !

– N'est-ce pas, répondit doucement la fleur. Et je suis née en même temps que le soleil…

Le petit prince devina bien qu'elle n'était pas trop modeste, mais elle était si émouvante !

– C'est l'heure, je crois, du petit déjeuner, avait-elle bientôt ajouté, auriez-vous la bonté de penser à moi…

Et le petit prince, tout confus, ayant été chercher un arrosoir d'eau fraîche, avait servi la fleur.

Ainsi l'avait-elle bien vite tourmenté par sa vanité un peu ombrageuse. Un jour, par exemple, parlant de ses quatre épines, elle avait dit au petit prince :

– Ils peuvent venir, les tigres, avec leurs griffes !

– Il n'y a pas de tigres sur ma planète, avait objecté le petit prince, et puis les tigres ne mangent pas l'herbe.

– Je ne suis pas une herbe, avait doucement répondu la fleur.

– Pardonnez-moi…

– Je ne crains rien des tigres, mais j'ai horreur des courants d'air. Vous n'auriez pas un paravent ?

– Horreur des courants d'air… ce n'est pas de chance, pour une plante, avait remarqué le petit prince. Cette fleur est bien compliquée…

– Le soir vous me mettrez sous globe. Il fait très froid chez vous. C'est mal installé. Là d'où je viens…

Mais elle s'était interrompue. Elle était venue sous forme de graine. Elle n'avait rien pu connaître des autres mondes. Humiliée de s'être laissé surprendre à préparer un mensonge aussi naïf, elle avait toussé deux ou trois fois, pour mettre le petit prince dans son tort :

– Ce paravent ?…

– J'allais le chercher mais vous me parliez !

Alors elle avait forcé sa toux pour lui infliger quand même des remords.

Ainsi le petit prince, malgré la bonne volonté de son amour, avait vite douté d'elle. Il avait pris au sérieux des mots sans importance, et était devenu très malheureux.

– J'aurais dû ne pas l'écouter, me confia-t-il un jour, il ne faut jamais écouter les fleurs. Il faut les regarder et les respirer. La mienne embaumait ma planète, mais je ne savais pas m'en réjouir. Cette histoire de griffes, qui m'avait tellement agacé, eût dû m'attendrir…

Il me confia encore :

– Je n'ai alors rien su comprendre ! J'aurais dû la juger sur les actes et non sur les mots. Elle m'embaumait et m'éclairait. Je n'aurais jamais dû m'enfuir ! J'aurais dû deviner sa tendresse derrière ses pauvres ruses. Les fleurs sont si contradictoires ! Mais j'étais trop jeune pour savoir l'aimer.

Je crois qu'il profita, pour son évasion, d'une migration d'oiseaux sauvages. Au matin du départ il mit sa planète bien en ordre. Il ramona soigneusement ses volcans en activité. Il possédait deux volcans en activité. Et c'était bien commode pour faire chauffer le petit déjeuner du matin. Il possédait aussi un volcan éteint. Mais, comme il disait, " On ne sait jamais ! " Il ramona donc également le volcan éteint. S'ils sont bien ramonés, les volcans brûlent doucement et régulièrement, sans éruptions. Les éruptions volcaniques sont comme des feux de cheminée. Évidemment sur notre terre nous sommes beaucoup trop petits pour ramoner nos volcans. C'est pourquoi ils nous causent des tas d'ennuis.

Le petit prince arracha aussi, avec un peu de mélancolie, les dernières pousses de baobabs. Il croyait ne jamais devoir revenir. Mais tous ces travaux familiers lui parurent, ce matin-là, extrêmement doux. Et, quand il arrosa une dernière fois la fleur, et se prépara à la mettre à l'abri sous son globe, il se découvrit l'envie de pleurer.

– Adieu, dit-il à la fleur.

Mais elle ne lui répondit pas.

– Adieu, répéta-t-il.

La fleur toussa. Mais ce n'était pas à cause de son rhume.

– J'ai été sotte, lui dit-elle enfin. Je te demande pardon. Tâche d'être heureux.

Il fut surpris par l'absence de reproches. Il restait là tout déconcerté, le globe en l'air. Il ne comprenait pas cette douceur calme.

– Mais oui, je t'aime, lui dit la fleur. Tu n'en as rien su, par ma faute. Cela n'a aucune importance. Mais tu as été aussi sot que moi. Tâche d'être heureux… Laisse ce globe tranquille. Je n'en veux plus.

– Mais le vent…

– Je ne suis pas si enrhumée que ça… L'air frais de la nuit me fera du bien. Je suis une fleur.

– Mais les bêtes…

Il faut bien que je supporte deux ou trois chenilles si je veux connaître les papillons. Il paraît que c'est tellement beau. Sinon qui me rendra visite ? Tu seras loin, toi. Quant aux grosses bêtes, je ne crains rien. J'ai mes griffes.

Et elle montrait naïvement ses quatre épines. Puis elle ajouta :

– Ne traîne pas comme ça, c'est agaçant. Tu as décidé de partir. Va-t'en.

Car elle ne voulait pas qu'il la vît pleurer. C'était une fleur tellement orgueilleuse…

Il ramona soigneusement ses volcans en activité.

Il se trouvait dans la région des astéroïdes 325, 326, 327, 328, 329 et 330. Il commença donc par les visiter pour y chercher une occupation et pour s'instruire.

Le premier était habité par un roi. Le roi siégeait, habillé de pourpre et d'hermine, sur un trône très simple et cependant majestueux.

– Ah ! Voilà un sujet, s'écria le roi quand il aperçut le petit prince.

"Et le petit prince se demanda :

– Comment peut-il me reconnaître puisqu'il ne m'a encore jamais vu !"

Il ne savait pas que, pour les rois, le monde est très simplifié. Tous les hommes sont des sujets.

– Approche-toi que je te voie mieux, lui dit le roi qui était tout fier d'être roi pour quelqu'un.

Le petit prince chercha des yeux où s'asseoir, mais la planète était toute encombrée par le magnifique manteau d'hermine. Il resta donc debout, et, comme il était fatigué, il bâilla.

– Il est contraire à l'étiquette de bâiller en présence d'un roi, lui dit le monarque. Je te l'interdis.

– Je ne peux pas m'en empêcher, répondit le petit prince tout confus. J'ai fait un long voyage et je n'ai pas dormi…

– Alors, lui dit le roi, je t'ordonne de bâiller. Je n'ai vu personne bâiller depuis des années. Les bâillements sont pour moi des curiosités. Allons ! bâille encore. C'est un ordre.

– Ça m'intimide… je ne peux plus… fit le petit prince tout rougissant.

– Hum ! Hum ! répondit le roi. Alors je… je t'ordonne tantôt de bâiller et tantôt de…

Il bredouillait un peu et paraissait vexé.

Car le roi tenait essentiellement à ce que son autorité fût respectée. Il ne tolérait pas la désobéissance. C'était un monarque absolu. Mais, comme il était très bon, il donnait des ordres raisonnables.

– Si j'ordonnais, disait-il couramment, si j'ordonnais à un général de se changer en oiseau de mer, et si le général n'obéissait pas, ce ne serait pas la faute du général. Ce serait ma faute.

– Puis-je m'asseoir ? s'enquit timidement le petit prince.

– Je t'ordonne de t'asseoir, lui répondit le roi, qui ramena majestueusement un pan de son manteau d'hermine.

Mais le petit prince s'étonnait. La planète était minuscule. Sur quoi le roi pouvait-il bien régner ?

– Sire, lui dit-il… je vous demande pardon de vous interroger…

– Je t'ordonne de m'interroger, se hâta de dire le roi.

– Sire… sur quoi régnez-vous ?

– Sur tout, répondit le roi, avec une grande simplicité.

– Sur tout ?

Le roi d'un geste discret désigna sa planète, les autres planètes et les étoiles.

– Sur tout ça ? dit le petit prince.

– Sur tout ça… répondit le roi.

Car non seulement c'était un monarque absolu mais c'était un monarque universel.

– Et les étoiles vous obéissent ?

– Bien sûr, lui dit le roi. Elles obéissent aussitôt. Je ne tolère pas l'indiscipline.

Un tel pouvoir émerveilla le petit prince. S'il l'avait détenu lui-même, il aurait pu assister, non pas à quarante-quatre, mais à soixante-douze, ou même à cent, ou même à deux cents couchers de soleil dans la même journée, sans avoir jamais à tirer sa chaise ! Et comme il se sentait un peu triste à cause du souvenir de sa petite planète abandonnée, il s'enhardit à solliciter une grâce du roi :

– Je voudrais voir un coucher de soleil... Faites-moi plaisir... Ordonnez au soleil de se coucher...

– Si j'ordonnais à un général de voler d'une fleur à l'autre à la façon d'un papillon, ou d'écrire une tragédie, ou de se changer en oiseau de mer, et si le général n'exécutait pas l'ordre reçu, qui, de lui ou de moi, serait dans son tort ?

– Ce serait vous, dit fermement le petit prince.

– Exact. Il faut exiger de chacun ce que chacun peut donner, reprit le roi. L'autorité repose d'abord sur la raison. Si tu ordonnes à ton peuple d'aller se jeter à la mer, il fera la révolution. J'ai le droit d'exiger l'obéissance parce que mes ordres sont raisonnables.

— Alors mon coucher de soleil ? rappela le petit prince qui jamais n'oubliait une question une fois qu'il l'avait posée.

— Ton coucher de soleil, tu l'auras. Je l'exigerai. Mais j'attendrai, dans ma science du gouvernement, que les conditions soient favorables.

— Quand ça sera-t-il ? s'informa le petit prince.

— Hem ! Hem ! lui répondit le roi, qui consulta d'abord un gros calendrier, hem ! hem ! ce sera, vers… vers… ce sera ce soir vers sept heures quarante ! Et tu verras comme je suis bien obéi.

Le petit prince bâilla. Il regrettait son coucher de soleil manqué. Et puis il s'ennuyait déjà un peu :

— Je n'ai plus rien à faire ici, dit-il au roi. Je vais repartir !

— Ne pars pas, répondit le roi qui était si fier d'avoir un sujet. Ne pars pas, je te fais ministre !

— Ministre de quoi ?

— De… de la justice !

— Mais il n'y a personne à juger !

— On ne sait pas, lui dit le roi. Je n'ai pas fait encore le tour de mon royaume. Je suis très vieux, je n'ai pas de place pour un carrosse, et ça me fatigue de marcher.

– Oh ! Mais j'ai déjà vu, dit le petit prince qui se pencha pour jeter encore un coup d'œil sur l'autre côté de la planète. Il n'y a personne là-bas non plus…

– Tu te jugeras donc toi-même, lui répondit le roi. C'est le plus difficile. Il est bien plus difficile de se juger soi-même que de juger autrui. Si tu réussis à bien te juger, c'est que tu es un véritable sage.

– Moi, dit le petit prince, je puis me juger moi-même n'importe où. Je n'ai pas besoin d'habiter ici.

– Hem ! Hem ! dit le roi, je crois bien que sur ma planète il y a quelque part un vieux rat. Je l'entends la nuit. Tu pourras juger ce vieux rat. Tu le condamneras à mort de temps en temps. Ainsi sa vie dépendra de ta justice. Mais tu le gracieras chaque fois pour l'économiser. Il n'y en a qu'un.

– Moi, répondit le petit prince, je n'aime pas condamner à mort, et je crois bien que je m'en vais.

– Non, dit le roi.

Mais le petit prince, ayant achevé ses préparatifs, ne voulut point peiner le vieux monarque :

– Si Votre Majesté désirait être obéie ponctuellement, elle pourrait me donner un ordre raisonnable. Elle pourrait m'ordonner, par exemple, de partir avant une minute. Il me semble que les conditions sont favorables…

Le roi n'ayant rien répondu, le petit prince hésita d'abord, puis, avec un soupir, prit le départ.

– Je te fais mon ambassadeur, se hâta alors de crier le roi.

Il avait un grand air d'autorité.

Les grandes personnes sont bien étranges, se dit le petit prince, en lui-même, durant son voyage.

La seconde planète était habitée par un vaniteux :

– Ah ! Ah ! Voilà la visite d'un admirateur ! s'écria de loin le vaniteux dès qu'il aperçut le petit prince.

Car, pour les vaniteux, les autres hommes sont des admirateurs.

– Bonjour, dit le petit prince. Vous avez un drôle de chapeau.

– C'est pour saluer, lui répondit le vaniteux. C'est pour saluer quand on m'acclame. Malheureusement il ne passe jamais personne par ici.

– Ah oui ? dit le petit prince qui ne comprit pas.

– Frappe tes mains l'une contre l'autre, conseilla donc le vaniteux.

Le petit prince frappa ses mains l'une contre l'autre. Le vaniteux salua modestement en soulevant son chapeau.

–Ça, c'est plus amusant que la visite au roi, se dit en lui-même le petit prince. Et il recommença de frapper ses mains l'une contre l'autre. Le vaniteux recommença de saluer en soulevant son chapeau.

Après cinq minutes d'exercice le petit prince se fatigua de la monotonie du jeu :

– Et, pour que le chapeau tombe, demanda-t-il, que faut-il faire ?

Mais le vaniteux ne l'entendit pas. Les vaniteux n'entendent jamais que les louanges.

– Est-ce que tu m'admires vraiment beaucoup ? demanda-t-il au petit prince.

– Qu'est-ce que signifie admirer ?

– Admirer signifie reconnaître que je suis l'homme le plus beau, le mieux habillé, le plus riche et le plus intelligent de la planète.

– Mais tu es seul sur ta planète !

– Fais-moi ce plaisir. Admire-moi quand même !

– Je t'admire, dit le petit prince, en haussant un peu les épaules, mais en quoi cela peut-il bien t'intéresser ?

Et le petit prince s'en fut.

Les grandes personnes sont décidément bien bizarres, se dit-il simplement en lui-même durant son voyage.

Chapitre

12

L a planète suivante était habitée par un buveur. Cette visite fut très courte, mais elle plongea le petit prince dans une grande mélancolie :

– Que fais-tu là ? dit-il au buveur, qu'il trouva installé en silence devant une collection de bouteilles vides et une collection de bouteilles pleines.

– Je bois, répondit le buveur, d'un air lugubre.

– Pourquoi bois-tu ? lui demanda le petit prince.

– Pour oublier, répondit le buveur.

– Pour oublier quoi ? s'enquit le petit prince qui déjà le plaignait.

– Pour oublier que j'ai honte, avoua le buveur en baissant la tête.

– Honte de quoi ? s'informa le petit prince qui désirait le secourir.

– Honte de boire ! acheva le buveur qui s'enferma définitivement dans le silence.

Et le petit prince s'en fut, perplexe.

Les grandes personnes sont décidément très très bizarres, se disait-il en lui-même durant le voyage.

13

La quatrième planète était celle du businessman. Cet homme était si occupé qu'il ne leva même pas la tête à l'arrivée du petit prince.

– Bonjour, lui dit celui-ci. Votre cigarette est éteinte.

– Trois et deux font cinq. Cinq et sept douze. Douze et trois quinze. Bonjour. Quinze et sept vingt-deux. Vingt-deux et six vingt-huit. Pas le temps de la rallumer. Vingt-six et cinq trente et un. Ouf ! Ça fait donc cinq cent un millions six cent vingt-deux mille sept cent trente et un.

– Cinq cents millions de quoi ?

– Hein ? Tu es toujours là ? Cinq cent un millions de… je ne sais plus… J'ai tellement de travail ! Je suis sérieux, moi, je ne m'amuse pas à des balivernes ! Deux et cinq sept…

– Cinq cent un millions de quoi, répéta le petit prince qui jamais de sa vie, n'avait renoncé à une question, une fois qu'il l'avait posée.

Le businessman leva la tête :

– Depuis cinquante-quatre ans que j'habite cette planète-ci, je n'ai été dérangé que trois fois. La première fois ç'a été, il y a vingt-deux ans, par un hanneton qui était tombé Dieu sait d'où. Il répandait un bruit épouvantable, et j'ai fait quatre erreurs dans une addition. La seconde fois ç'a été, il y a onze ans, par une crise de rhumatisme. Je manque d'exercice. Je n'ai pas le temps de flâner. Je suis sérieux, moi. La troisième fois… la voici ! Je disais donc cinq cent un millions…

– Millions de quoi ?

Le businessman comprit qu'il n'était point d'espoir de paix :

– Millions de ces petites choses que l'on voit quelquefois dans le ciel.

– Des mouches ?

– Mais non, des petites choses qui brillent.

– Des abeilles ?

– Mais non. Des petites choses dorées qui font rêvasser les

fainéants. Mais je suis sérieux, moi ! Je n'ai pas le temps de rêvasser.

– Ah ! Des étoiles ?

– C'est bien ça. Des étoiles.

– Et que fais-tu de cinq cents millions d'étoiles ?

– Cinq cent un millions six cent vingt-deux mille sept cent trente et un. Je suis sérieux, moi, je suis précis.

– Et que fais tu de ces étoiles ?

– Ce que j'en fais ?

– Oui.

– Rien. Je les possède.

– Tu possèdes les étoiles ?

– Oui.

– Mais j'ai déjà vu un roi qui…

– Les rois ne possèdent pas. Ils " règnent " sur. C'est très différent.

– Et à quoi cela te sert-il de posséder les étoiles ?

– Ça me sert à être riche.

– Et à quoi cela te sert-il d'être riche ?

– À acheter d'autres étoiles, si quelqu'un en trouve.

Celui-là, se dit en lui-même le petit prince, il raisonne un peu comme mon ivrogne.

Cependant il posa encore des questions :

– Comment peut-on posséder les étoiles ?

– À qui sont-elles ? riposta, grincheux, le businessman.

– Je ne sais pas. À personne.

– Alors elles sont à moi, car j'y ai pensé le premier.

– Ça suffit ?

– Bien sûr. Quand tu trouves un diamant qui n'est à personne, il est à toi. Quand tu trouves une île qui n'est à personne, elle est à toi. Quand tu as une idée le premier, tu la fais breveter : elle est à toi. Et moi je possède les étoiles, puisque jamais personne avant moi n'a songé à les posséder.

– Ça c'est vrai, dit le petit prince. Et qu'en fais-tu ?

– Je les gère. Je les compte et je les recompte, dit le businessman. C'est difficile. Mais je suis un homme sérieux !

Le petit prince n'était pas satisfait encore.

– Moi, si je possède un foulard, je puis le mettre autour de mon cou et l'emporter. Moi, si je possède une fleur, je puis cueillir ma fleur et l'emporter. Mais tu ne peux pas cueillir les étoiles !

– Non, mais je puis les placer en banque.

– Qu'est-ce que ça veut dire ?

– Ça veut dire que j'écris sur un petit papier le nombre de mes étoiles. Et puis j'enferme à clef ce papier-là dans un tiroir.

– Et c'est tout ?

– Ça suffit !

C'est amusant, pensa le petit prince. C'est assez poétique. Mais ce n'est pas très sérieux.

Le petit prince avait sur les choses sérieuses des idées très différentes des idées des grandes personnes.

– Moi, dit-il encore, je possède une fleur que j'arrose tous les jours. Je possède trois volcans que je ramone toutes les semaines. Car je ramone aussi celui qui est éteint. On ne sait jamais. C'est utile à mes volcans, et c'est utile à ma fleur, que je les possède. Mais tu n'es pas utile aux étoiles…

Le businessman ouvrit la bouche mais ne trouva rien à répondre, et le petit prince s'en fut.

Les grandes personnes sont décidément tout à fait extraordinaires, se disait-il simplement en lui-même durant le voyage.

La cinquième planète était très curieuse. C'était la plus petite de toutes. Il y avait là juste assez de place pour loger un réverbère et un allumeur de réverbères. Le petit prince ne parvenait pas à s'expliquer à quoi pouvaient servir, quelque part dans le ciel, sur une planète sans maison, ni population, un réverbère et un allumeur de réverbères. Cependant il se dit en lui-même :

– Peut-être bien que cet homme est absurde. Cependant il est moins absurde que le roi, que le vaniteux, que le businessman et que le buveur. Au moins son travail a-t-il un sens. Quand il allume son réverbère, c'est comme s'il faisait naître une étoile de plus, ou une fleur. Quand il éteint son réverbère ça endort la fleur ou l'étoile. C'est une occupation très jolie. C'est véritablement utile puisque c'est joli.

Lorsqu'il aborda la planète il salua respectueusement l'allumeur :

– Bonjour. Pourquoi viens-tu d'éteindre ton réverbère ?

– C'est la consigne, répondit l'allumeur. Bonjour.

– Qu'est-ce que la consigne ?

– C'est d'éteindre mon réverbère. Bonsoir.

Et il le ralluma.

– Mais pourquoi viens-tu de le rallumer ?

– C'est la consigne, répondit l'allumeur.

– Je ne comprends pas, dit le petit prince.

– Il n'y a rien à comprendre, dit l'allumeur. La consigne c'est la consigne. Bonjour.

Et il éteignit son réverbère.

Puis il s'épongea le front avec un mouchoir à carreaux rouges.

Je fais là un métier terrible. C'était raisonnable autrefois. J'éteignais le matin et j'allumais le soir. J'avais le reste du jour pour me reposer, et le reste de la nuit pour dormir…

– Et, depuis cette époque, la consigne a changé ?

– La consigne n'a pas changé, dit l'allumeur. C'est bien là le drame ! La planète d'année en année a tourné de plus en plus vite, et la consigne n'a pas changé !

– Alors ? dit le petit prince.

– Alors maintenant qu'elle fait un tour par minute, je n'ai plus une seconde de repos. J'allume et j'éteins une fois par minute !

– Ça c'est drôle ! Les jours chez toi durent une minute !

– Ce n'est pas drôle du tout, dit l'allumeur. Ça fait déjà un mois que nous parlons ensemble.

– Un mois ?

– Oui. Trente minutes. Trente jours ! Bonsoir.

Et il ralluma son réverbère.

Le petit prince le regarda et il aima cet allumeur qui était tellement fidèle à la consigne. Il se souvint des couchers de soleil que lui-même allait autrefois chercher, en tirant sa chaise. Il voulut aider son ami :

– Tu sais… je connais un moyen de te reposer quand tu voudras…

– Je veux toujours, dit l'allumeur.

Car on peut être, à la fois, fidèle et paresseux.

Le petit prince poursuivit :

– Ta planète est tellement petite que tu en fais le tour en trois enjambées. Tu n'as qu'à marcher assez lentement pour rester toujours au soleil. Quand tu voudras te reposer tu marcheras… et le jour durera aussi longtemps que tu voudras.

– Ça ne m'avance pas à grand'chose, dit l'allumeur. Ce que j'aime dans la vie, c'est dormir.

– Ce n'est pas de chance, dit le petit prince.

– Ce n'est pas de chance, dit l'allumeur. Bonjour.

Et il éteignit son réverbère.

" Celui-là, se dit le petit prince, tandis qu'il poursuivait plus loin son voyage, celui-là serait méprisé par tous les autres, par le roi, par le vaniteux, par le buveur, par le businessman. Cependant c'est le seul qui ne me paraisse pas ridicule. C'est peut-être parce qu'il s'occupe d'autre chose que de soi-même. "

Il eut un soupir de regret et se dit encore :

" Celui-là est le seul dont j'eusse pu faire mon ami. Mais sa planète est vraiment trop petite. Il n'y a pas de place pour deux... "

Ce que le petit prince n'osait pas s'avouer, c'est qu'il regrettait cette planète bénie à cause, surtout, des mille quatre cent quarante couchers de soleil par vingt-quatre heures !

Je fais là un métier terrible.

La sixième planète était une planète dix fois plus vaste. Elle était habitée par un vieux Monsieur qui écrivait d'énormes livres

– Tiens ! voilà un explorateur ! s'écria-t-il, quand il aperçut le petit prince.

Le petit prince s'assit sur la table et souffla un peu. Il avait déjà tant voyagé !

– D'où viens-tu ? lui dit le vieux Monsieur.

– Quel est ce gros livre ? dit le petit prince. Que faites-vous ici ?

– Je suis géographe, dit le vieux Monsieur.

– Qu'est-ce qu'un géographe ?

– C'est un savant qui connaît où se trouvent les mers, les fleuves, les villes, les montagnes et les déserts.

– Ça c'est bien intéressant, dit le petit prince. Ça c'est enfin un véritable métier ! Et il jeta un coup d'œil autour de lui sur la planète du géographe. Il n'avait jamais vu encore une planète aussi majestueuse.

– Elle est bien belle, votre planète. Est-ce qu'il y a des océans ?

– Je ne puis pas le savoir, dit le géographe.

– Ah ! (Le petit prince était déçu.) Et des montagnes ?

– Je ne puis pas le savoir, dit le géographe.

– Et des villes et des fleuves et des déserts ?

– Je ne puis pas le savoir non plus, dit le géographe.

– Mais vous êtes géographe !

– C'est exact, dit le géographe, mais je ne suis pas explorateur. Je manque absolument d'explorateurs. Ce n'est pas le géographe qui va faire le compte des villes, des fleuves, des montagnes, des mers, des océans et des déserts. Le géographe est trop important pour flâner. Il ne quitte pas son bureau. Mais il y reçoit les explorateurs. Il les interroge, et il prend en note leurs souvenirs. Et si les souvenirs de l'un d'entre eux lui paraissent intéressants, le géographe fait faire une enquête sur la moralité de l'explorateur.

– Pourquoi ça ?

– Parce qu'un explorateur qui mentirait entraînerait des catastrophes dans les livres de géographie. Et aussi un explorateur qui boirait trop.

– Pourquoi ça ? fit le petit prince.

Parce que les ivrognes voient double. Alors le géographe noterait deux montagnes, là où il n'y en a qu'une seule.

– Je connais quelqu'un, dit le petit prince, qui serait mauvais explorateur.

– C'est possible. Donc, quand la moralité de l'explorateur paraît bonne, on fait une enquête sur sa découverte.

– On va voir ?

– Non. C'est trop compliqué. Mais on exige de l'explorateur qu'il fournisse des preuves. S'il s'agit par exemple de la découverte d'une grosse montagne, on exige qu'il en rapporte de grosses pierres.

Le géographe soudain s'émut.

– Mais toi, tu viens de loin ! Tu es explorateur ! Tu vas me décrire ta planète !

Et le géographe, ayant ouvert son registre, tailla son crayon. On note d'abord au crayon les récits des explorateurs. On attend, pour noter à l'encre, que l'explorateur ait fourni des preuves.

– Alors ? interrogea le géographe.

– Oh ! chez moi, dit le petit prince, ce n'est pas très intéressant, c'est tout petit. J'ai trois volcans. Deux volcans en activité, et un volcan éteint. Mais on ne sait jamais.

– On ne sait jamais, dit le géographe.

– J'ai aussi une fleur.

– Nous ne notons pas les fleurs, dit le géographe.

– Pourquoi ça ! c'est le plus joli !

– Parce que les fleurs sont éphémères.

– Qu'est ce que signifie : " éphémère " ?

– Les géographies, dit le géographe, sont les livres les plus précieux de tous les livres. Elles ne se démodent jamais. Il est très rare qu'une montagne change de place. Il est très rare qu'un océan se vide de son eau. Nous écrivons des choses éternelles.

– Mais les volcans éteints peuvent se réveiller, interrompit le petit prince. Qu'est-ce que signifie " éphémère " ?

– Que les volcans soient éteints ou soient éveillés, ça revient au même pour nous autres, dit le géographe. Ce qui compte pour nous, c'est la montagne. Elle ne change pas.

– Mais qu'est-ce que signifie " éphémère " ? répéta le petit prince qui, de sa vie, n'avait renoncé à une question, une fois qu'il l'avait posée.

– Ça signifie " qui est menacé de disparition prochaine ".

Ma fleur est menacée de disparition prochaine ?

– Bien sûr.

Ma fleur est éphémère, se dit le petit prince, et elle n'a que quatre épines pour se défendre contre le monde ! Et je l'ai laissée toute seule chez moi !

Ce fut là son premier mouvement de regret. Mais il reprit courage :

– Que me conseillez-vous d'aller visiter ? demanda-t-il.

– La planète Terre, lui répondit le géographe. Elle a une bonne réputation…

Et le petit prince s'en fut, songeant à sa fleur.

Chapitre

16

La septième planète fut donc la Terre. La Terre n'est pas une planète quelconque ! On y compte cent onze rois (en n'oubliant pas, bien sûr, les rois nègres), sept mille géographes, neuf cent mille businessmen, sept millions et demi d'ivrognes, trois cent onze millions de vaniteux, c'est-à-dire environ deux milliards de grandes personnes.

Pour vous donner une idée des dimensions de la Terre je vous dirai qu'avant l'invention de l'électricité on y devait entretenir, sur l'ensemble des six continents, une véritable armée de quatre cent soixante-deux mille cinq cent onze allumeurs de réverbères.

Vu d'un peu loin ça faisait un effet splendide. Les mouvements de cette armée étaient réglés comme ceux d'un ballet d'opéra. D'abord venait le tour des allumeurs de réverbères de Nouvelle-Zélande et d'Australie. Puis ceux-ci, ayant allumé leurs lampions, s'en allaient dormir. Alors entraient à leur tour dans la danse les allumeurs de réverbères de Chine et de Sibérie. Puis eux aussi s'escamotaient dans les coulisses. Alors venait le tour des allumeurs de réverbères de Russie et des Indes. Puis de ceux d'Afrique et d'Europe. Puis de ceux d'Amérique du Sud. Puis de ceux d'Amérique du Nord. Et jamais ils ne se trompaient dans leur ordre d'entrée en scène. C'était grandiose.

Seuls, l'allumeur de l'unique réverbère du pôle Nord, et son confrère de l'unique réverbère du pôle Sud, menaient des vies d'oisiveté et de nonchalance : ils travaillaient deux fois par an.

Quand on veut faire de l'esprit, il arrive que l'on mente un peu. Je n'ai pas été très honnête en vous parlant des allumeurs de réverbères. Je risque de donner une fausse idée de notre planète à ceux qui ne la connaissent pas. Les hommes occupent très peu de place sur la terre. Si les deux milliards d'habitants qui peuplent la terre se tenaient debout et un peu serrés, comme pour un meeting, ils logeraient aisément sur une place publique de vingt milles de long sur vingt milles de large. On pourrait entasser l'humanité sur le moindre petit îlot du Pacifique.

Les grandes personnes, bien sûr, ne vous croiront pas. Elles s'imaginent tenir beaucoup de place. Elles se voient importantes comme des baobabs. Vous leur conseillerez donc de faire le calcul. Elles adorent les chiffres : ça leur plaira. Mais ne perdez pas votre temps à ce pensum. C'est inutile. Vous avez confiance en moi.

Le petit prince, une fois sur terre, fut donc bien surpris de ne voir personne. Il avait déjà peur de s'être trompé de planète, quand un anneau couleur de lune remua dans le sable.

– Bonne nuit, fit le petit prince à tout hasard.

– Bonne nuit, fit le serpent.

– Sur quelle planète suis-je tombé ? demanda le petit prince.

– Sur la Terre, en Afrique, répondit le serpent.

Le petit prince, une fois sur terre,
fut donc bien surpris de ne voir personne.

– Ah !… Il n'y a donc personne sur la Terre ?

– Ici c'est le désert. Il n'y a personne dans les déserts. La Terre est grande, dit le serpent.

Le petit prince s'assit sur une pierre et leva les yeux vers le ciel :

– Je me demande, dit-il, si les étoiles sont éclairées afin que chacun puisse un jour retrouver la sienne. Regarde ma planète. Elle est juste au-dessus de nous… Mais comme elle est loin !

– Elle est belle, dit le serpent. Que viens-tu faire ici ?

– J'ai des difficultés avec une fleur, dit le petit prince.

– Ah ! fit le serpent.

Et ils se turent.

– Où sont les hommes ? reprit enfin le petit prince. On est un peu seul dans le désert…

– On est seul aussi chez les hommes, dit le serpent.

Le petit prince le regarda longtemps :

– Tu es une drôle de bête, lui dit-il enfin, mince comme un doigt…

– Mais je suis plus puissant que le doigt d'un roi, dit le serpent.

Le petit prince eut un sourire :

– Tu n'es pas bien puissant… tu n'as même pas de pattes… tu ne peux même pas voyager…

– Je puis t'emporter plus loin qu'un navire, dit le serpent.

Il s'enroula autour de la cheville du petit prince, comme un bracelet d'or :

– Celui que je touche, je le rends à la terre dont il est sorti, dit-il encore. Mais tu es pur et tu viens d'une étoile…

Le petit prince ne répondit rien.

– Tu me fais pitié, toi si faible, sur cette Terre de granit. Je puis t'aider un jour si tu regrettes trop ta planète. Je puis…

– Oh ! J'ai très bien compris, fit le petit prince, mais pourquoi parles-tu toujours par énigmes ?

– Je les résous toutes, dit le serpent.

Et ils se turent.

Tu es une drôle de bête, mince comme un doigt...

L e petit prince traversa le désert et ne rencontra qu'une fleur. Une fleur à trois pétales, une fleur de rien du tout…

– Bonjour, dit le petit prince.

– Bonjour, dit la fleur.

– Où sont les hommes ? demanda poliment le petit prince.

La fleur, un jour, avait vu passer une caravane :

– Les hommes ? Il en existe, je crois, six ou sept. Je les ai aperçus il y a des années. Mais on ne sait jamais où les trouver. Le vent les promène. Ils manquent de racines, ça les gêne beaucoup.

– Adieu, fit le petit prince.

– Adieu, dit la fleur.

19

Le petit prince fit l'ascension d'une haute montagne. Les seules montagnes qu'il eût jamais connues étaient les trois volcans qui lui arrivaient au genou. Et il se servait du volcan éteint comme d'un tabouret. " D'une montagne haute comme celle-ci, se dit-il donc, j'apercevrai d'un coup toute la planète et tous les hommes… " Mais il n'aperçut rien que des aiguilles de roc bien aiguisées.

– Bonjour, dit-il à tout hasard.

– Bonjour… Bonjour… Bonjour… répondit l'écho.

– Qui êtes-vous ? dit le petit prince.

– Qui êtes-vous… qui êtes-vous… qui êtes-vous… répondit l'écho.

– Soyez mes amis, je suis seul, dit-il.

– Je suis seul… je suis seul… je suis seul… répondit l'écho.

" Quelle drôle de planète ! pensa-t-il alors. Elle est toute sèche, et toute pointue et toute salée. Et les hommes manquent d'imagination. Ils répètent ce qu'on leur dit… Chez moi j'avais une fleur : elle parlait toujours la première… "

Quelle drôle de planète! Elle est toute sèche, et toute pointue.

Mais il arriva que le petit prince, ayant longtemps marché à travers les sables, les rocs et les neiges, découvrit enfin une route. Et les routes vont toutes chez les hommes.

– Bonjour, dit-il.

C'était un jardin fleuri de roses.

– Bonjour, dirent les roses.

Le petit prince les regarda. Elles ressemblaient toutes à sa fleur.

– Qui êtes-vous ? leur demanda-t-il, stupéfait.

– Nous sommes des roses, dirent les roses.

– Ah ! fit le petit prince…

Et il se sentit très malheureux. Sa fleur lui avait raconté qu'elle était seule de son espèce dans l'univers. Et voici qu'il en était cinq mille, toutes semblables, dans un seul jardin !

" Elle serait bien vexée, se dit-il, si elle voyait ça... elle tousserait énormément et ferait semblant de mourir pour échapper au ridicule. Et je serais bien obligé de faire semblant de la soigner, car, sinon, pour m'humilier moi aussi, elle se laisserait vraiment mourir... "

Puis il se dit encore : " Je me croyais riche d'une fleur unique, et je ne possède qu'une rose ordinaire. Ça et mes trois volcans qui m'arrivent au genou, et dont l'un, peut-être, est éteint pour toujours, ça ne fait pas de moi un bien grand prince... "

Et, couché dans l'herbe, il pleura.

C'est alors qu'apparut le renard :

    – Bonjour, dit le renard.

    – Bonjour, répondit poliment le petit prince, qui se retourna mais ne vit rien.

    – Je suis là, dit la voix, sous le pommier.

    – Qui es-tu ? dit le petit prince. Tu es bien joli…

    – Je suis un renard, dit le renard.

– Viens jouer avec moi, lui proposa le petit prince. Je suis tellement triste…

– Je ne puis pas jouer avec toi, dit le renard. Je ne suis pas apprivoisé.

– Ah ! pardon, fit le petit prince.

Mais, après réflexion, il ajouta :

– Qu'est-ce que signifie " apprivoiser " ?

– Tu n'es pas d'ici, dit le renard, que cherches-tu ?

– Je cherche les hommes, dit le petit prince. Qu'est-ce que signifie " apprivoiser " ?

– Les hommes, dit le renard, ils ont des fusils et ils chassent. C'est bien gênant ! Ils élèvent aussi des poules. C'est leur seul intérêt. Tu cherches des poules ?

– Non, dit le petit prince. Je cherche des amis. Qu'est-ce que signifie " apprivoiser " ?

– C'est une chose trop oubliée, dit le renard. Ça signifie " créer des liens… "

– Créer des liens ?

– Bien sûr, dit le renard. Tu n'es encore pour moi qu'un petit

garçon tout semblable à cent mille petits garçons. Et je n'ai pas besoin de toi. Et tu n'as pas besoin de moi non plus. Je ne suis pour toi qu'un renard semblable à cent mille renards. Mais, si tu m'apprivoises, nous aurons besoin l'un de l'autre. Tu seras pour moi unique au monde. Je serai pour toi unique au monde…

– Je commence à comprendre, dit le petit prince. Il y a une fleur… je crois qu'elle m'a apprivoisé…

– C'est possible, dit le renard. On voit sur la Terre toutes sortes de choses…

– Oh ! ce n'est pas sur la Terre, dit le petit prince.

Le renard parut très intrigué :

– Sur une autre planète ?

– Oui.

– Il y a des chasseurs, sur cette planète-là ?

– Non.

– Ça, c'est intéressant ! Et des poules ?

– Non.

– Rien n'est parfait, soupira le renard.

Mais le renard revint à son idée :

– Ma vie est monotone. Je chasse les poules, les hommes me chassent. Toutes les poules se ressemblent, et tous les hommes se ressemblent. Je m'ennuie donc un peu. Mais, si tu m'apprivoises, ma vie sera comme ensoleillée. Je connaîtrai un bruit de pas qui sera différent de tous les autres. Les autres pas me font rentrer sous terre. Le tien m'appellera hors du terrier, comme une musique. Et puis regarde ! Tu vois, là-bas, les champs de blé ? Je ne mange pas de pain. Le blé pour moi est inutile. Les champs de blé ne me rappellent rien. Et ça, c'est triste ! Mais tu as des cheveux couleur d'or. Alors ce sera merveilleux quand tu m'auras apprivoisé ! Le blé, qui est doré, me fera souvenir de toi. Et j'aimerai le bruit du vent dans le blé…

Le renard se tut et regarda longtemps le petit prince :

– S'il te plaît… apprivoise-moi ! dit-il.

– Je veux bien, répondit le petit prince, mais je n'ai pas beaucoup de temps. J'ai des amis à découvrir et beaucoup de choses à connaître.

– On ne connaît que les choses que l'on apprivoise, dit le renard. Les hommes n'ont plus le temps de rien connaître. Ils achètent des choses toutes faites chez les marchands. Mais comme il n'existe point de marchands d'amis, les hommes n'ont plus d'amis. Si tu veux un ami, apprivoise-moi !

Que faut-il faire ? dit le petit prince.

– Il faut être très patient, répondit le renard. Tu t'assoiras d'abord un peu loin de moi, comme ça, dans l'herbe. Je te regarderai du coin de l'œil et tu ne diras rien. Le langage est source de malentendus. Mais, chaque jour, tu pourras t'asseoir un peu plus près…

Le lendemain revint le petit prince.

– Il eût mieux valu revenir à la même heure, dit le renard. Si tu viens, par exemple, à quatre heures de l'après-midi, dès trois heures je commencerai d'être heureux. Plus l'heure avancera, plus je me sentirai heureux. À quatre heures, déjà, je m'agiterai et m'inquiéterai ; je découvrirai le prix du bonheur ! Mais si tu viens n'importe quand, je ne saurai jamais à quelle heure m'habiller le cœur… Il faut des rites.

– Qu'est-ce qu'un rite ? dit le petit prince.

– C'est aussi quelque chose de trop oublié, dit le renard. C'est ce qui fait qu'un jour est différent des autres jours, une heure, des autres heures. Il y a un rite, par exemple, chez mes chasseurs. Ils dansent le jeudi avec les filles du village. Alors le jeudi est jour merveilleux ! Je vais me promener jusqu'à la vigne. Si les chasseurs dansaient n'importe quand, les jours se ressembleraient tous, et je n'aurais point de vacances.

Ainsi le petit prince apprivoisa le renard. Et quand l'heure du départ fut proche :

– Ah ! dit le renard… Je pleurerai.

– C'est ta faute, dit le petit prince, je ne te souhaitais point de mal, mais tu as voulu que je t'apprivoise…

– Bien sûr, dit le renard.

– Mais tu vas pleurer ! dit le petit prince.

– Bien sûr, dit le renard.

– Alors tu n'y gagnes rien !

J'y gagne, dit le renard, à cause de la couleur du blé.

Puis il ajouta :

– Va revoir les roses. Tu comprendras que la tienne est unique au monde. Tu reviendras me dire adieu, et je te ferai cadeau d'un secret.

Le petit prince s'en fut revoir les roses :

– Vous n'êtes pas du tout semblables à ma rose, vous n'êtes rien encore, leur dit-il. Personne ne vous a apprivoisées et vous n'avez apprivoisé personne. Vous êtes comme était mon renard. Ce n'était qu'un renard semblable à cent mille autres. Mais j'en ai fait mon ami, et il est maintenant unique au monde.

Et les roses étaient bien gênées.

– Vous êtes belles, mais vous êtes vides, leur dit-il encore. On ne peut pas mourir pour vous. Bien sûr, ma rose à moi, un passant ordinaire croirait qu'elle vous ressemble. Mais à elle seule elle est plus importante que vous toutes, puisque c'est elle que j'ai arrosée. Puisque c'est elle que j'ai mise sous globe. Puisque c'est elle que j'ai abritée par le paravent. Puisque c'est elle dont j'ai tué les chenilles (sauf les deux ou trois pour les papillons). Puisque c'est elle que j'ai écoutée se plaindre, ou se vanter, ou même quelquefois se taire. Puisque c'est ma rose.

Et il revint vers le renard :

– Adieu, dit-il…

– Adieu, dit le renard. Voici mon secret. Il est très simple : on ne voit bien qu'avec le cœur. L'essentiel est invisible pour les yeux.

– L'essentiel est invisible pour les yeux, répéta le petit prince, afin de se souvenir.

– C'est le temps que tu as perdu pour ta rose qui fait ta rose si importante.

– C'est le temps que j'ai perdu pour ma rose… fit le petit prince, afin de se souvenir.

– Les hommes ont oublié cette vérité, dit le renard. Mais tu ne dois pas l'oublier. Tu deviens responsable pour toujours de ce que tu as apprivoisé. Tu es responsable de ta rose…

– Je suis responsable de ma rose… répéta le petit prince, afin de se souvenir.

– Bonjour, dit le petit prince.

– Bonjour, dit l'aiguilleur.

– Que fais-tu ici ? dit le petit prince.

– Je trie les voyageurs, par paquets de mille, dit l'aiguilleur. J'expédie les trains qui les emportent, tantôt vers la droite, tantôt vers la gauche.

Et un rapide illuminé, grondant comme le tonnerre, fit trembler la cabine d'aiguillage.

– Ils sont bien pressés, dit le petit prince. Que cherchent-ils ?

L'homme de la locomotive l'ignore lui-même, dit l'aiguilleur.

Et gronda, en sens inverse, un second rapide illuminé.

– Ils reviennent déjà ? demanda le petit prince…

– Ce ne sont pas les mêmes, dit l'aiguilleur. C'est un échange.

– Ils n'étaient pas contents, là où ils étaient ?

– On n'est jamais content là où l'on est, dit l'aiguilleur.

Et gronda le tonnerre d'un troisième rapide illuminé.

– Ils poursuivent les premiers voyageurs ? demanda le petit prince.

– Ils ne poursuivent rien du tout, dit l'aiguilleur. Ils dorment là-dedans, ou bien ils bâillent. Les enfants seuls écrasent leur nez contre les vitres.

– Les enfants seuls savent ce qu'ils cherchent, fit le petit prince. Ils perdent du temps pour une poupée de chiffons, et elle devient très importante, et si on la leur enlève, ils pleurent…

– Ils ont de la chance, dit l'aiguilleur.

– Bonjour, dit le petit prince.

– Bonjour, dit le marchand.

C'était un marchand de pilules perfectionnées qui apaisent la soif. On en avale une par semaine et l'on n'éprouve plus le besoin de boire.

– Pourquoi vends-tu ça ? dit le petit prince.

– C'est une grosse économie de temps, dit le marchand. Les experts ont fait des calculs. On épargne cinquante-trois minutes par semaine.

– Et que fait-on des cinquante-trois minutes ?

– On en fait ce que l'on veut…

" Moi, se dit le petit prince, si j'avais cinquante-trois minutes à dépenser, je marcherais tout doucement vers une fontaine…"

24

Nous en étions au huitième jour de ma panne dans le désert, et j'avais écouté l'histoire du marchand en buvant la dernière goutte de ma provision d'eau :

– Ah ! dis-je au petit prince, ils sont bien jolis, tes souvenirs, mais je n'ai pas encore réparé mon avion, je n'ai plus rien à boire, et je serais heureux, moi aussi, si je pouvais marcher tout doucement vers une fontaine !

– Mon ami le renard, me dit-il…

– Mon petit bonhomme, il ne s'agit plus du renard !

– Pourquoi ?

– Parce qu'on va mourir de soif…

Il ne comprit pas mon raisonnement, il me répondit :

– C'est bien d'avoir eu un ami, même si l'on va mourir. Moi, je suis bien content d'avoir eu un ami renard…

Il ne mesure pas le danger, me dis-je. Il n'a jamais ni faim ni soif. Un peu de soleil lui suffit…

Mais il me regarda et répondit à ma pensée :

– J'ai soif aussi… cherchons un puits…

J'eus un geste de lassitude : il est absurde de chercher un puits, au hasard, dans l'immensité du désert. Cependant nous nous mîmes en marche.

Quand nous eûmes marché des heures, en silence, la nuit tomba, et les étoiles commencèrent de s'éclairer. Je les apercevais comme en rêve, ayant un peu de fièvre, à cause de ma soif. Les mots du petit prince dansaient dans ma mémoire :

– Tu as donc soif, toi aussi ? lui demandai-je.

Mais il ne répondit pas à ma question. Il me dit simplement :

– L'eau peut aussi être bonne pour le cœur…

Je ne compris pas sa réponse mais je me tus… Je savais bien qu'il ne fallait pas l'interroger.

Il était fatigué. Il s'assit. Je m'assis auprès de lui. Et, après un silence, il dit encore :

– Les étoiles sont belles, à cause d'une fleur que l'on ne voit pas…

Je répondis " bien sûr " et je regardai, sans parler, les plis du sable sous la lune.

– Le désert est beau, ajouta-t-il…

Et c'était vrai. J'ai toujours aimé le désert. On s'assoit sur une dune de sable. On ne voit rien. On n'entend rien. Et cependant quelque chose rayonne en silence…

– Ce qui embellit le désert, dit le petit prince, c'est qu'il cache un puits quelque part…

Je fus surpris de comprendre soudain ce mystérieux rayonnement du sable. Lorsque j'étais petit garçon j'habitais une maison ancienne, et la légende racontait qu'un trésor y était enfoui. Bien sûr, jamais personne n'a su le découvrir, ni peut-être même ne l'a cherché. Mais il enchantait toute cette maison. Ma maison cachait un secret au fond de son cœur…

– Oui, dis-je au petit prince, qu'il s'agisse de la maison, des étoiles ou du désert, ce qui fait leur beauté est invisible !

– Je suis content, dit-il, que tu sois d'accord avec mon renard.

Comme le petit prince s'endormait, je le pris dans mes bras, et me remis en route. J'étais ému. Il me semblait porter un trésor fragile. Il me semblait même qu'il n'y eût rien de plus fragile sur la Terre. Je regardais, à la lumière de la lune, ce front pâle, ces yeux clos, ces mèches de cheveux qui tremblaient au vent, et je me disais : " ce que je vois là n'est qu'une écorce. Le plus important est invisible… "

Comme ses lèvres entr'ouvertes ébauchaient un demi-sourire je me dis encore : " Ce qui m'émeut si fort de ce petit prince endormi, c'est sa fidélité pour une fleur, c'est l'image d'une rose qui rayonne en lui comme la flamme d'une lampe, même quand il dort… " Et je le devinai plus fragile encore. Il faut bien protéger les lampes : un coup de vent peut les éteindre…

Et, marchant ainsi, je découvris le puits au lever du jour.

25

– Les hommes, dit le petit prince, ils s'enfournent dans les rapides, mais ils ne savent plus ce qu'ils cherchent. Alors ils s'agitent et tournent en rond…

Et il ajouta :

– Ce n'est pas la peine…

Le puits que nous avions atteint ne ressemblait pas aux puits sahariens. Les puits sahariens sont de simples trous creusés dans le sable. Celui-là ressemblait a un puits de village. Mais il n'y avait là aucun village, et je croyais rêver.

– C'est étrange, dis-je au petit prince, tout est prêt : la poulie, le seau et la corde…

Il rit, toucha la corde, fit jouer la poulie. Et la poulie gémit comme gémit une vieille girouette quand le vent a longtemps dormi.

– Tu entends, dit le petit prince, nous réveillons ce puits et il chante…

Je ne voulais pas qu'il fît un effort :

Laisse-moi faire, lui dis-je, c'est trop lourd pour toi.

Lentement je hissai le seau jusqu'à la margelle. Je l'y installai bien d'aplomb. Dans mes oreilles durait le chant de la poulie et, dans l'eau qui tremblait encore, je voyais trembler le soleil.

– J'ai soif de cette eau-là, dit le petit prince, donne-moi à boire…

Et je compris ce qu'il avait cherché !

Je soulevai le seau jusqu'à ses lèvres. Il but, les yeux fermés. C'était doux comme une fête. Cette eau était bien autre chose qu'un aliment. Elle était née de la marche sous les étoiles, du chant de la poulie, de l'effort de mes bras. Elle était bonne pour le cœur, comme un cadeau. Lorsque j'étais petit garçon, la lumière de l'arbre de Noël, la musique de la messe de minuit, la douceur des sourires faisaient ainsi tout le rayonnement du cadeau de Noël que je recevais.

– Les hommes de chez toi, dit le petit prince, cultivent cinq mille roses dans un même jardin… et ils n'y trouvent pas ce qu'ils cherchent.

– Ils ne le trouvent pas, répondis-je…

– Et cependant ce qu'ils cherchent pourrait être trouvé dans une seule rose ou un peu d'eau…

– Bien sûr, répondis-je.

Et le petit prince ajouta :

– Mais les yeux sont aveugles. Il faut chercher avec le cœur.

J'avais bu. Je respirais bien. Le sable, au lever du jour, est couleur de miel. J'étais heureux aussi de cette couleur de miel. Pourquoi fallait-il que j'eusse de la peine…

– Il faut que tu tiennes ta promesse, me dit doucement le petit prince, qui, de nouveau, s'était assis auprès de moi.

– Quelle promesse ?

– Tu sais… une muselière pour mon mouton… je suis responsable de cette fleur !

Je sortis de ma poche mes ébauches de dessin. Le petit prince les aperçut et dit en riant :

– Tes baobabs, ils ressemblent un peu à des choux…

– Oh !

Moi qui était si fier des baobabs !

– Ton renard… ses oreilles… elles ressemblent un peu à des cornes… et elles sont trop longues !

Et il rit encore.

– Tu es injuste, petit bonhomme, je ne savais rien dessiner que les boas fermés et les boas ouverts.

– Oh ! ça ira, dit-il, les enfants savent.

Je crayonnai donc une muselière. Et j'eus le cœur serré en la lui donnant :

– Tu as des projets que j'ignore…

Mais il ne me répondit pas. Il me dit :

– Tu sais, ma chute sur la Terre… c'en sera demain l'anniversaire…

Puis, après un silence il dit encore :

– J'étais tombé tout près d'ici…

Et il rougit.

Et de nouveau, sans comprendre pourquoi, j'éprouvai un chagrin bizarre. Cependant une question me vint :

– Alors ce n'est pas par hasard que, le matin où je t'ai connu, il y a huit jours, tu te promenais comme ça, tout seul, à mille milles de toutes les régions habitées ! Tu retournais vers le point de ta chute ?

Le petit prince rougit encore.

Et j'ajoutai, en hésitant :

– À cause, peut-être, de l'anniversaire ?…

Le petit prince rougit de nouveau. Il ne répondait jamais aux questions, mais, quand on rougit, ça signifie " oui ", n'est-ce pas ?

– Ah ! lui dis-je, j'ai peur…

Mais il me répondit :

– Tu dois maintenant travailler. Tu dois repartir vers ta machine. Je t'attends ici. Reviens demain soir…

Mais je n'étais pas rassuré. Je me souvenais du renard. On risque de pleurer un peu si l'on s'est laissé apprivoiser…

Il rit, toucha la corde, fit jouer la poulie.

Chapitre

26

Il y avait, à côté du puits, une ruine de vieux mur de pierre. Lorsque je revins de mon travail, le lendemain soir, j'aperçus de loin mon petit prince assis là-haut, les jambes pendantes. Et je l'entendis qui parlait :

– Tu ne t'en souviens donc pas ? disait-il. Ce n'est pas tout à fait ici !

Une autre voix lui répondit sans doute, puisqu'il répliqua :

– Si ! Si ! c'est bien le jour, mais ce n'est pas ici l'endroit…

Je poursuivis ma marche vers le mur. Je ne voyais ni n'entendais toujours personne. Pourtant le petit prince répliqua de nouveau :

– … Bien sûr. Tu verras où commence ma trace dans le sable. Tu n'as qu'à m'y attendre. J'y serai cette nuit.

J'étais à vingt mètres du mur et je ne voyais toujours rien.

Le petit prince dit encore, après un silence :

– Tu as du bon venin ? Tu es sûr de ne pas me faire souffrir longtemps ?

Je fis halte, le cœur serré, mais je ne comprenais toujours pas.

– Maintenant va-t'en, dit-il… je veux redescendre !

Alors j'abaissai moi-même les yeux vers le pied du mur, et je fis un bond ! Il était là, dressé vers le petit prince, un de ces serpents jaunes qui vous exécutent en trente secondes. Tout en fouillant ma poche pour en tirer mon revolver, je pris le pas de course, mais, au bruit que je fis, le serpent se laissa doucement couler dans le sable, comme un jet d'eau qui meurt, et, sans trop se presser, se faufila entre les pierres avec un léger bruit de métal.

Je parvins au mur juste à temps pour y recevoir dans les bras mon petit bonhomme de prince, pâle comme la neige.

– Quelle est cette histoire-là ! Tu parles maintenant avec les serpents !

J'avais défait son éternel cache-nez d'or. Je lui avais mouillé les tempes et l'avais fait boire. Et maintenant je n'osais plus rien lui demander. Il me regarda gravement et m'entoura le cou de ses bras. Je sentais battre son cœur comme celui d'un oiseau qui meurt, quand on l'a tiré à la carabine. Il me dit :

– Je suis content que tu aies trouvé ce qui manquait à ta machine. Tu vas pouvoir rentrer chez toi…

– Comment sais-tu !

Je venais justement lui annoncer que, contre toute espérance, j'avais réussi mon travail !

Il ne répondit rien à ma question, mais il ajouta :

– Moi aussi, aujourd'hui, je rentre chez moi…

Puis, mélancolique :

– C'est bien plus loin… c'est bien plus difficile…

Je sentais bien qu'il se passait quelque chose d'extraordinaire. Je le serrais dans les bras comme un petit enfant, et cependant il me semblait qu'il coulait verticalement dans un abîme sans que je pusse rien pour le retenir…

Il avait le regard sérieux, perdu très loin :

– J'ai ton mouton. Et j'ai la caisse pour le mouton. Et j'ai la muselière…

Et il sourit avec mélancolie.

J'attendis longtemps. Je sentais qu'il se réchauffait peu à peu :

– Petit bonhomme, tu as eu peur…

Il avait eu peur, bien sûr ! Mais il rit doucement :

– J'aurai bien plus peur ce soir…

De nouveau je me sentis glacé par le sentiment de l'irréparable. Et je compris que je ne supportais pas l'idée de ne plus jamais entendre ce rire. C'était pour moi comme une fontaine dans le désert.

– Petit bonhomme, je veux encore t'entendre rire…

Mais il me dit :

– Cette nuit, ça fera un an. Mon étoile se trouvera juste au-dessus de l'endroit où je suis tombé l'année dernière…

– Petit bonhomme, n'est-ce pas que c'est un mauvais rêve cette histoire de serpent et de rendez-vous et d'étoile…

Mais il ne répondit pas à ma question. Il me dit :

– Ce qui est important, ça ne se voit pas…

– Bien sûr…

– C'est comme pour la fleur. Si tu aimes une fleur qui se trouve dans une étoile, c'est doux, la nuit, de regarder le ciel. Toutes les étoiles sont fleuries.

– Bien sûr…

– C'est comme pour l'eau. Celle que tu m'as donnée à boire était comme une musique, à cause de la poulie et de la corde… tu te rappelles… elle était bonne.

– Bien sûr…

– Tu regarderas, la nuit, les étoiles. C'est trop petit chez moi pour que je te montre où se trouve la mienne. C'est mieux comme ça. Mon étoile, ça sera pour toi une des étoiles. Alors, toutes les étoiles, tu aimeras les regarder… Elles seront toutes tes amies. Et puis je vais te faire un cadeau…

Il rit encore.

– Ah ! petit bonhomme, petit bonhomme j'aime entendre ce rire !

– Justement ce sera mon cadeau… ce sera comme pour l'eau…

– Que veux-tu dire ?

– Les gens ont des étoiles qui ne sont pas les mêmes. Pour les uns, qui voyagent, les étoiles sont des guides. Pour d'autres elles ne sont rien que de petites lumières. Pour d'autres qui sont savants elles sont des problèmes. Pour mon businessman elles étaient de l'or. Mais toutes ces étoiles-là se taisent. Toi, tu auras des étoiles comme personne n'en a…

– Que veux-tu dire ?

– Quand tu regarderas le ciel, la nuit, puisque j'habiterai dans l'une d'elles, puisque je rirai dans l'une d'elles, alors ce sera pour toi comme si riaient toutes les étoiles. Tu auras, toi, des étoiles qui savent rire !

Et il rit encore.

– Et quand tu seras consolé (on se console toujours) tu seras content de m'avoir connu. Tu seras toujours mon ami. Tu auras envie de rire avec moi. Et tu ouvriras parfois ta fenêtre, comme ça, pour le plaisir… Et tes amis seront bien étonnés de te voir rire en regardant le ciel. Alors tu leur diras : " Oui, les étoiles, ça me fait toujours rire ! " Et ils te croiront fou. Je t'aurai joué un bien vilain tour…

Et il rit encore.

– Ce sera comme si je t'avais donné, au lieu d'étoiles, des tas de petits grelots qui savent rire…

Et il rit encore. Puis il redevint sérieux :

– Cette nuit… tu sais… ne viens pas.

– Je ne te quitterai pas.

– J'aurai l'air d'avoir mal… j'aurai un peu l'air de mourir. C'est comme ça. Ne viens pas voir ça, ce n'est pas la peine…

– Je ne te quitterai pas.

Mais il était soucieux.

– Je te dis ça… c'est à cause aussi du serpent. Il ne faut pas qu'il te morde… Les serpents, c'est méchant. Ça peut mordre pour le plaisir…

– Je ne te quitterai pas.

Mais quelque chose le rassura :

– C'est vrai qu'ils n'ont plus de venin pour la seconde morsure…

Cette nuit-là je ne le vis pas se mettre en route. Il s'était évadé sans bruit. Quand je réussis à le rejoindre il marchait décidé, d'un pas rapide. Il me dit seulement :

– Ah ! Tu es là…

Et il me prit par la main. Mais il se tourmenta encore :

– Tu as eu tort. Tu auras de la peine. J'aurai l'air d'être mort et ce ne sera pas vrai…

Moi je me taisais.

– Tu comprends. C'est trop loin. Je ne peux pas emporter ce corps-là. C'est trop lourd.

Moi je me taisais.

– Mais ce sera comme une vieille écorce abandonnée. Ce n'est pas triste les vieilles écorces…

Moi je me taisais.

Il se découragea un peu. Mais il fit encore un effort :

– Ce sera gentil, tu sais. Moi aussi je regarderai les étoiles. Toutes les étoiles seront des puits avec une poulie rouillée. Toutes les étoiles me verseront à boire…

Moi je me taisais.

– Ce sera tellement amusant ! Tu auras cinq cents millions de grelots, j'aurai cinq cents millions de fontaines…

Et il se tut aussi, parce qu'il pleurait…

– C'est là. Laisse-moi faire un pas tout seul.

Et il s'assit parce qu'il avait peur.

Il dit encore :

– Tu sais… ma fleur… j'en suis responsable ! Et elle est tellement faible ! Et elle est tellement naïve. Elle a quatre épines de rien du tout pour la protéger contre le monde…

Moi je m'assis parce que je ne pouvais plus me tenir debout. Il dit :

– Voilà… C'est tout…

Il hésita encore un peu, puis il se releva. Il fit un pas. Moi je ne pouvais pas bouger.

Il n'y eut rien qu'un éclair jaune près de sa cheville. Il demeura un instant immobile. Il ne cria pas. Il tomba doucement comme tombe un arbre. Ça ne fit même pas de bruit, à cause du sable.

Et maintenant, bien sûr, ça fait six ans déjà… Je n'ai jamais encore raconté cette histoire. Les camarades qui m'ont revu ont été bien contents de me revoir vivant. J'étais triste mais je leur disais : " C'est la fatigue… "

Maintenant je me suis un peu consolé. C'est à dire… pas tout à fait. Mais je sais bien qu'il est revenu à sa planète, car, au lever du jour, je n'ai pas retrouvé son corps. Ce n'était pas un corps tellement lourd… Et j'aime la nuit écouter les étoiles. C'est comme cinq cent millions de grelots…

Mais voilà qu'il se passe quelque chose d'extraordinaire. La muselière que j'ai dessinée pour le petit prince, j'ai oublié d'y ajouter la courroie de cuir ! Il n'aura jamais pu l'attacher au mouton. Alors je me demande : " Que s'est-il passé sur sa planète ? Peut-être bien que le mouton a mangé la fleur… "

Tantôt je me dis : " Sûrement non ! Le petit prince enferme sa fleur toutes les nuits sous son globe de verre, et il surveille bien son mouton… " Alors je suis heureux. Et toutes les étoiles rient doucement.

Tantôt je me dis : " On est distrait une fois ou l'autre, et ça suffit ! Il a oublié, un soir, le globe de verre, ou bien le mouton est sorti sans bruit pendant la nuit… " Alors les grelots se changent tous en larmes !…

C'est là un bien grand mystère. Pour vous qui aimez aussi le petit prince, comme pour moi, rien de l'univers n'est semblable si quelque part, on ne sait où, un mouton que nous ne connaissons pas a, oui ou non, mangé une rose…

Regardez le ciel. Demandez-vous : " le mouton oui ou non a-t-il mangé la fleur ? " Et vous verrez comme tout change…

Et aucune grande personne ne comprendra jamais que ça a tellement d'importance !

Ça c'est, pour moi, le plus beau et le plus triste paysage du monde. C'est le même paysage que celui de la page précédente, mais je l'ai dessiné une fois encore pour bien vous le montrer. C'est ici que le petit prince a apparu sur terre, puis disparu.

Regardez attentivement ce paysage afin d'être sûrs de le reconnaître, si vous voyagez un jour en Afrique, dans le désert. Et, s'il vous arrive de passer par là, je vous en supplie, ne vous pressez pas, attendez un peu juste sous l'étoile ! Si alors un enfant vient à vous, s'il rit, s'il a des cheveux d'or, s'il ne répond pas quand on l'interroge, vous devinerez bien qui il est. Alors soyez gentils ! Ne me laissez pas tellement triste : écrivez-moi vite qu'il est revenu…

✳ 中文配音 ✳

謝佼娟

曾經擔任電視節目場記、副導及執行製作，也當
過電台兒童節目、記者會、音樂會等主持人，同
時也是配音員。聲音作品豐富，從教材、童書、
卡通、戲劇、電影、旁白、廣告、電玩遊戲、政
府機關簡介、博物館導覽、公司簡介到大眾運輸
都能聽見她的聲音。

配音代表作有
《玩偶遊戲／倉田紗南（卡通頻道版本）》、《天線寶
寶／小波》、《飛哥與小佛／凱蒂絲》、《K-ON!輕音
部／田井中律》、《我愛美樂蒂／美樂蒂》等。

陳進益

配音員，從事配音工作二十年，聲音作品豐富，
包含電影、戲劇、卡通、旁白、廣告、教材、有
聲書等。近年也投入手工生活木器創作。

✻ 英文配音 ✻

Stephanie Buckley
具備多種專業能力，身兼配音員、編輯、翻譯、
商務英語培訓教師。
歷年經手的作品包括：書籍、影片、電影、廣告、
電玩遊戲、玩具及各式文宣的配音或翻譯等。
美國楊百翰大學—廣播傳媒系學士
　　　　　　　—國際研究碩士
美國羅徹斯特大學·伊士曼音樂學院
　　　　　　　—聲樂演唱碩士
臺灣政治大學—IMBA國際工商管理碩士

Brian "Funshine" Alexander
現居台灣的美國音樂人、詞曲製作人、配音員。
目前擔任廣告、公司簡介、旁白、電玩遊戲、卡
通、歌曲、教材等的配音員及音樂製作人。
聲音及音樂作品包括廣告、紀錄片、卡通、遊樂
園、教材、玩具樂器、CD、演唱會、網站、
DVD等。
更多歷年作品請至BrianFunshine.com。

✳ 法文配音 ✳

Largo & Jean-Michel FAIVRE

Je ne répare pas des avions mais des meubles.
Souvent, mon fils qui a fait la voix du Petit Prince
vient me poser aussi beaucoup de questions.
Et c'est vrai que les grandes personnes ne
comprennent jamais rien toutes seules: elles ont
toujours besoin que les enfants leur posent les
bonnes questions.

我不會修理飛機，但我修理家具。
我兒子經常像小王子一樣跑來問我許多問題。
的確，大人們自己永遠無法明白某些事，
他們總是需要孩子們提出好問題。

Sabrina LEPREUX

Nous devrions garder cette capacité de
l'étonnement face aux choses qui nous
entourent. En grandissant, nous la perdons,
les enfants sont là pour nous rappeler à
travers leurs questions, que le monde n'est
pas une évidence.

我們應該保有對周遭事物感到驚訝的能力。
但在成長的過程中，我們遺失了這個能力，
正是孩子們藉由發問提醒我們
這個世界並非如此理所當然。

小王子 /安東尼.聖修伯里著；盛世教育譯；
-- 三版. -- 臺北市：笛藤，2021.12
　　面；　　公分
中英法對照 全新典藏版
譯自：Le Petit Prince
ISBN 978-957-710-837-1（精裝）
876.57　　110018151

◆中・英・法◆
三種語言對照
全新典藏版

附 情境配樂 ●●●
中・英・法朗讀音檔連結

紀念藏書票 ◆

Le Petit Prince　小王子

著者：安東尼・聖修伯里

翻譯：盛世教育

封面設計：王舒玗

內頁排版：碼非創意

總編輯・洪季楨

編輯：林子鈺・江品萱

編輯企劃：笛藤出版

發行所：八方出版股份有限公司

地址：台北市中山區長安東路二段171號3樓3室

電話：(02)2777-3682

傳真：(02)2777-3672

總經銷：聯合發行股份有限公司

地址：新北市新店區寶橋路一段235巷6弄6號2樓

電話：(02)2917-8022・(02)2917-8042

製版廠：造極彩色印刷製版股份有限公司

地址：新北市中和區中山路二段380巷7號1樓

電話：(02)2240-0333・(02)2248-3904

劃撥帳戶：八方出版股份有限公司

劃撥帳號：19809050

◇音檔連結：http://bit.ly/DTprince ◇

定價：320元
2024.07.27 三版 第6刷

©DeeTen Publishing 繁體字版本 ◆本書經合法授權，請勿翻印 ◆
裝訂如有漏印、缺頁、破損，請寄回更換。